2.ª edición

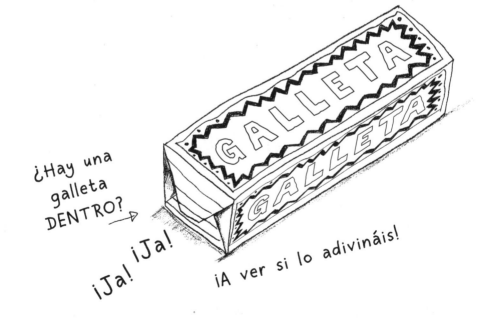

¿Hay una galleta DENTRO?

¡Ja! ¡Ja!

¡A ver si lo adivináis!

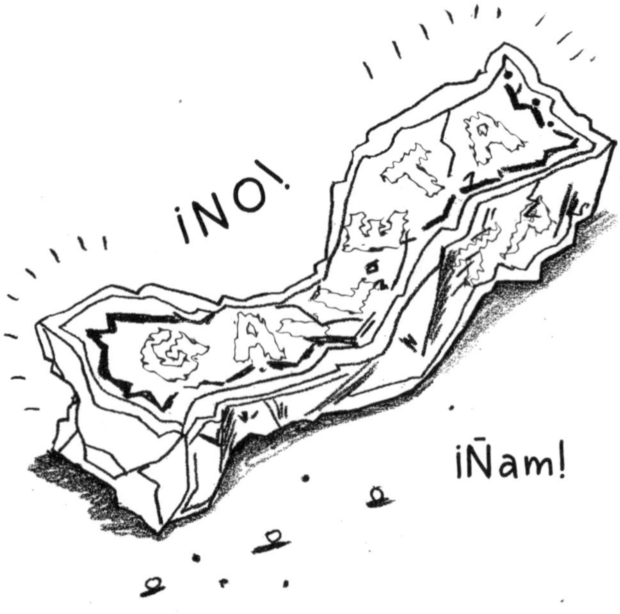
¡NO!
¡Ñam!

Una **SUERTE** (un poquitín)

GENIAL

Por Liz Pichon

(que tiene mucha suerte)

 Bruño

Título original: *Tom Gates – A Tiny Bit Lucky*,
publicado por primera vez en el Reino Unido
por Scholastic Children's Books,
un sello de Scholastic Ltd
Texto e ilustraciones © Liz Pichon, 2014

Traducción al castellano © Daniel Cortés Coronas, 2014

© Grupo Editorial Bruño, S. L., 2014
Juan Ignacio Luca de Tena, 15
28027 Madrid

Dirección del Proyecto Editorial: Trini Marull
Dirección Editorial: Isabel Carril
Coordinación Editorial: Begoña Lozano
Edición: Cristina González
Preimpresión: JV, Diseño Gráfico, S. L.

ISBN: 978-84-696-0065-8
D. legal: M-22059-2014

Printed in Spain

www.brunolibros.es

1.ª edición: 2014
2.ª edición: 2015

¡GATOS, NO!

Gracias, Judith, por tu apoyo. x
Y a Zoe, editora experta. x
GRACIAS
MUCHAS gracias
MIL gracias
Millones de gracias
AGRADECÍMETRO

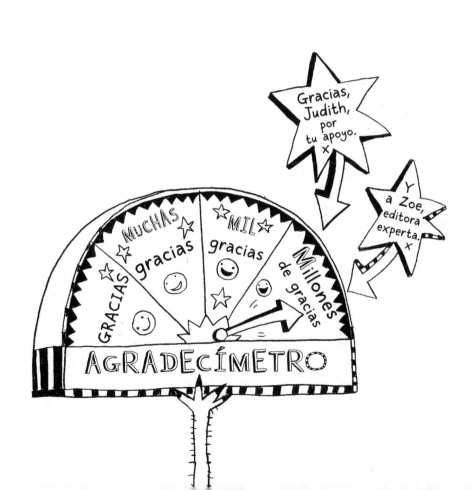

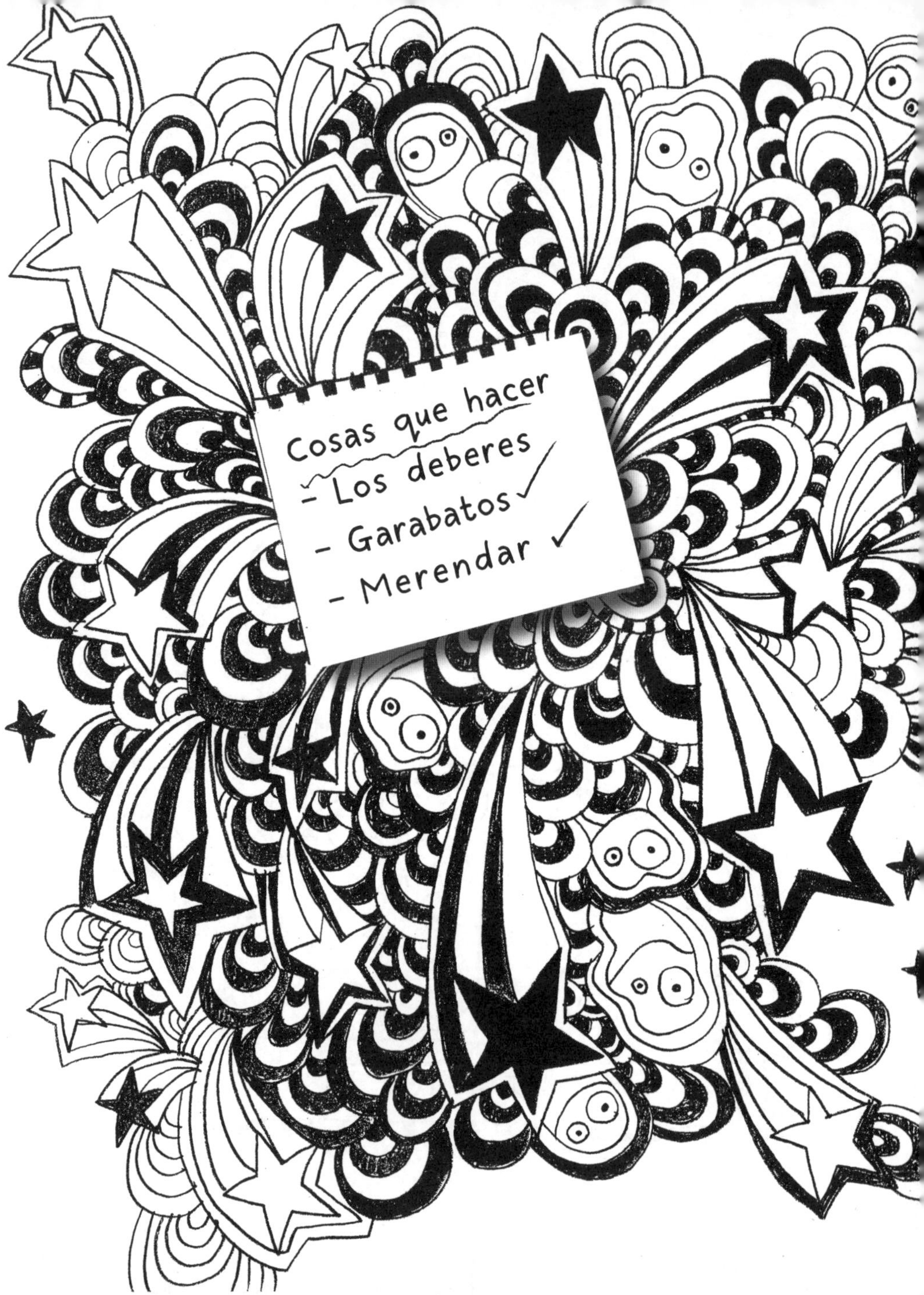
Cosas que hacer
- Los deberes ✓
- Garabatos ✓
- Merendar ✓

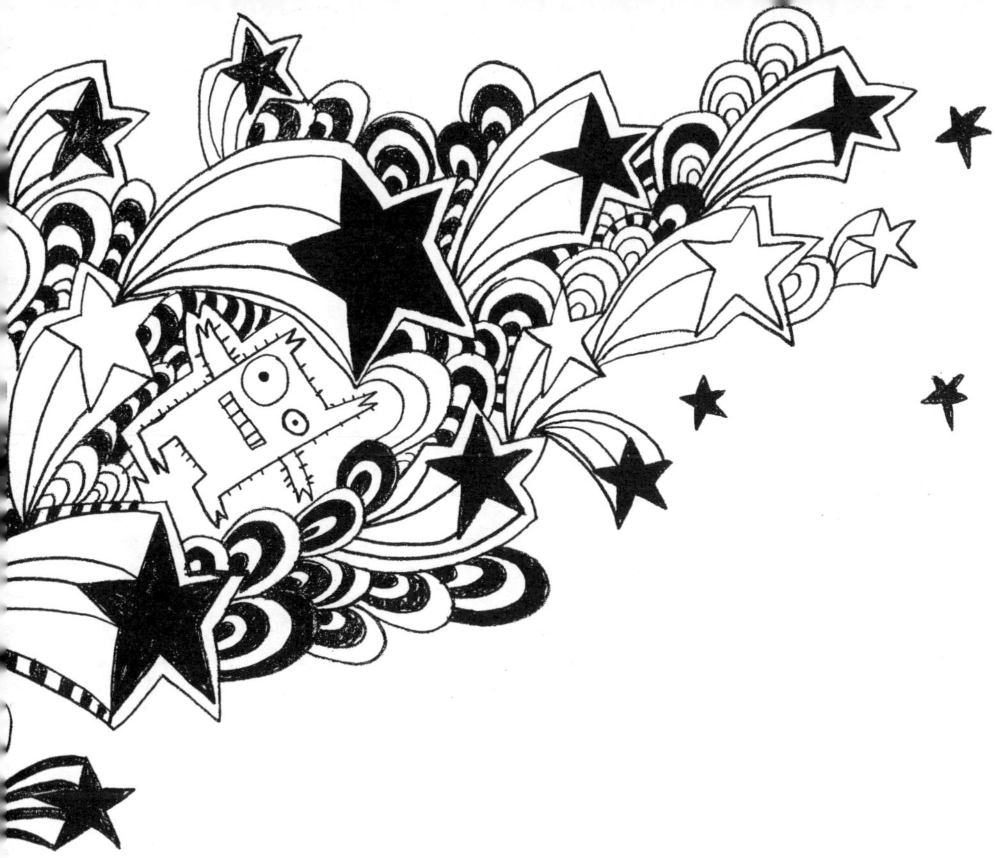

Según mi padre...

ESTE cordel...

será parte de... una cometa. (¿En serio?).

¡Yo no lo veo nada CLARO!

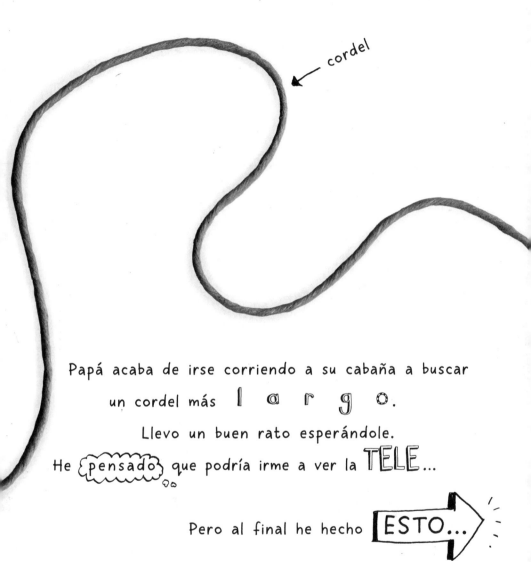

cordel

Papá acaba de irse corriendo a su cabaña a buscar
un cordel más l a r g o.
Llevo un buen rato esperándole.
He pensado que podría irme a ver la TELE...

Pero al final he hecho ESTO...

¡MIRAD!

¡Un garabato hecho con el cordel!

(Es un caracol, por si os lo preguntabais).

Aquí tenéis otro...
Lo he retocado
con un lápiz.

¡YUJU!

¡Es genial!

(modestia aparte). ¿Quién habría dicho que se podían

hacer tantas cosas con un cordel?

(aparte de mi abuela, claro).

Tengo
un
cordel.

La PRÓXIMA vez que me **aburra** 👁👁

en clase (cosa que pasa a menudo), sacaré mi

CORDEL de EMERGENCIA

y haré unos garabatos.

Y así parecerá que trabajo EN SERIO.

(Así de en serio).

Papá vuelve de su cabaña

SONRIENDO 😊 porque ha encontrado

 cordel.

«Ahora sí, Tom. Este es PERFECTO».

Yo miro el cordel y pienso:

«¡Si es igual que el OTRO!».

«Genial, papá», le digo, intentando

parecer entusiasmado (sin mucho éxito).

NORMALMENTE ME ENCANTA hacer cosas nuevas (como garabatos con un cordel), pero papá me ha interrumpido JUSTO cuando estaba viendo

LA FRUTIPANDILLA LOCA,

¡los MEJORES dibus del MUNDO!

Se ha plantado frente a la TELE y ha empezado a mover la cabeza, como regañándome.

«TOM, ¿qué haces encerrado viendo la TELE, con el día tan bueno que hace?», me ha preguntado.

Primero: NO hace bueno. Hace frío y puede que llueva.

Segundo: Estoy viendo la TELE porque ponen

LA FRUTIPANDILLA LOCA, ¡que es

¡LA MONDA!

Pero no he dicho nada. Solo he seguido con los OJOS clavados en la TELE y me he encogido de hombros.

Hay MUCHAS cosas que podrías estar haciendo en vez de MIRAR una pantalla.

Venga, TOM, apaga la TELE.

«¡Jo, papá! ¡No VALE! ¿No puedo acabar de ver los dibujos?», le he preguntado.

«Mira, Tom, cuando yo tenía tu edad, SIEMPRE estaba fuera, corriendo y respirando aire fresco. Casi NUNCA veía la TELE», me ha contestado todo orgulloso.

«Eso es porque, cuando tenías mi edad, la TELE no se había inventado todavía».

(Y es que papá ya es un poco viejuno).

8

«¡**P**ues claro que se había inventado la ! Pero me gustaba jugar al aire libre. Me subía a los árboles, construía cosas con ramitas ... y todo eso».

 «¿Y qué cosas construías con **RAMĮTAS?**».

Bueno, pues **MUCHAS** cosas...

«Ya, pero ¿**QUÉ** cosas?».

«Pues no sé, **COSAS**. Cosas hechas con **RAMITAS**, ¿qué más da? El caso es que siempre estaba **FUERA**, pasándomelo ☆**PIPA**☆ y respirando aire fresco».

 «**P**ues a mí no me parece tan divertido eso de jugar con ramitas», le he dicho.

«Hay MUCHAS más cosas que puedes hacer fuera. ☼ Por ejemplo, jugar en el jardín».

«Hace mucho frío».

«Se te pasará si corres un poco. ¿O por qué no invitas a Derek a casa?». (Yo he dicho que no con la cabeza porque sabía que Derek tenía otros planes). «Está en casa de un amigo... viendo la TELE, seguramente», le he dicho a mi padre, a ver si pillaba la indirecta.

los planes de Derek

(Yo sabía que Derek no estaba viendo la TELE, pero eso era lo de menos).

¿Y SI invitas a June, la vecina NUEVA? Seguro que viene a jugar si se lo pides.

(Ah no, ¡**eso** sí que no!).

«¡Papá, que no tengo **CUATRO** años!

Mis amigos ya no vienen a jugar a casa. Solo vienen

a ensayar con el grupo».

(Ni en **BROMA** invitaría a June a casa).

Desde que se mudó justo al lado,

siempre ha sido un poco borde conmigo.

Y tú, ¿qué miras?

Por si no fuese bastante con su **GATO** paseándose

todo el rato por **NUESTRO** jardín,

ENCIMA

¡Este examen está chupado!

me toca aguantar

a June en clase.

Cada vez que me ve (como mil veces al día, porque

su sitio está pegado al de **AMY**, que se sienta

a mi lado), se hace la **GRACIOSILLA**:

«TOM..., tú sabes que los **DUDE 3**

dan **PENA**, ¿verdad?».

—¡Grrr!

11

Eso [NO] es verdad y, además, ME FASTIDIA.

Si tuviera un FASTIDIÓMETRO,

June estaría

Marcus estaría

AQUÍ ahora mismo;

AQUÍ

MUY FASTIDIOSO

BASTANTE FASTIDIOSO

FASTIDIOSO

FASTIDIOSO TOTAL

AQUÍ, y el gato de June,

AQUÍ.

FASTIDIÓMETRO

A veces tampoco hay mucha diferencia entre los tres.

Cuando mamá ha venido a ver de qué hablábamos

papá y yo...

... SE HA METIDO

en la conversación, claro.

«No estarás viendo la TELE otra vez, ¿verdad, Tom?», me ha preguntado. «Digamos que INTENTABA ver la TELE», le he contestado mientras *me movía* para ver la pantalla por detrás de papá.

¡Tampoco es que me pase el día pegado a la TELE! Pero LA FRUTIPANDILLA me ENCANTA. LOCA

Mis posibilidades de acabar de ver los dibus en paz se esfumaban muy RÁPIDO. Era imposible concentrarse con mis padres MIRÁNDOME así.

Total, que me he RENDIDO y he apagado la tele.

CLIC

careto de
resignación

«Vale, y AHORA, ¿qué queréis que haga?», les he preguntado.

«Hay MUCHÍSIMAS cosas que podríamos hacer».

«¿Por EJEMPLO?».

«Por ejemplo..., podríamos pasear», ha dicho papá.

«¿PASEAR? ¿Adónde?».

«A algún sitio CHULO».

«¡La TIENDA DE CHUCHES es un sitio CHULO!», he saltado yo.

«No, TOM. Me refería a un sitio como el parque».

«Si tuviésemos PERRO, me ENCANTARÍA pasear todo el rato», he dicho, por si colaba.

14

«No podemos porque Delia es ALÉRGICA al los **PERROS**», me ha recordado papá.

Y yo he murmurado: Prefiero tener un perro a tener una Delia.

Mi padre no me ha oído porque estaba ocupado

sacando un cordel de un cajón.

 «¡Ya LO TENGO! ¿Y si te enseño

a construir una COMETA?

Podríamos hacerla volar juntos,

y así respiraríamos aire fresco».

Antes de que yo pudiese decir «PERO...» o

«¿Y si lo dejamos para luego?»,

mamá ha saltado ENTUSIASMADA:

«¡Es una IDEA ESTUPENDA!».

(Más bien una idea regular, diría yo.

Por mí, seguiría viendo

LA FRUTIPANDILLA LOCA).

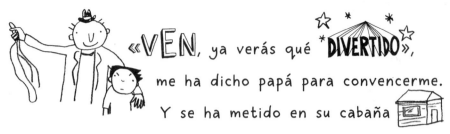

«VEN, ya verás qué *DIVERTIDO*»,

me ha dicho papá para convencerme.

Y se ha metido en su cabaña

para buscar otro cordel.

Mamá vuelve de la cocina con unas bolsas

de plástico (un par de ellas son de la basura)

y un rollo de cinta adhesiva.

«¿Vais a necesitar esto?».

Mi madre tiene una especie de

obsesión con las bolsas de plástico.

Las usa para TODO.

botas de
EMERGENCIA

impermeable de
EMERGENCIA

regadera de
EMERGENCIA

espantapájaros

Cuando ve las bolsas de plástico, papá dice

que son ¡perfectas!

«¿Perfectas para qué?», le pregunto.

«Ahora ya solo necesitamos un par de palos y unas tijeras», me dice. Entonces coge un papel y me hace un dibujo de cómo será la cometa.*

bolsa de plástico

cordel

Palos

VALE, ya lo veo más claro.

«Vamos a la cabaña; construiremos la cometa allí», dice papá.

En teoría, íbamos a construirla juntos, pero cada vez que intento ayudarle, me dice: «Deja, Tom, yo te enseño cómo se hace», y lo hace todo él solo.

*Al final del libro encontrarás las instrucciones para construir una COMETA.

«¡LO HEMOS CONSEGUIDO!»,

exclama.

(Ha sido ÉL solito, pero no digo nada).

«Bueno, ¿salimos a volar la cometa?»,

me propone.

«Pero..., ¿AHORA?».

«Sí, AHORA. Anda, ponte el abrigo y vámonos».

(Está claro que mi opinión no cuenta).

Cuando entramos en casa, Delia está en la cocina.

Últimamente sale mucho con sus amigas y casi

no le veo el pelo.

¡Qué  SUERTE!

Está pegada a su móvil (como siempre).

«¡Mira lo que hemos hecho Tom y yo,

Delia!», le dice papá.

(En realidad lo ha hecho ÉL solito,

pero tampoco digo nada).

 **Brutal**, dice Delia sin levantar la vista.

«Seguro que tú no sabes construir una cometa», le digo.

«Es verdad. Es una técnica superavanzada que no domino», contesta ella.

«Ha quedado muy bien, Tom. ¿Ves cuántas cosas puedes hacer en vez de ver la tele?», me dice mamá.

Debes de estar **muy orgulloso**, sigue Delia, pero me da que se está burlando.

Papá y yo nos ponemos los abrigos y nos vamos al parque.

Él lleva la cometa con mucho cuidado para que el cordel no se enrede.

«El MEJOR sitio para pillar VIENTO es en lo alto de una colina», me dice.

«Es el mejor TRUCO para volar una COMETA».

«Sí, papá».

COLINA

Cuando llegamos a la colina, papá comprueba que el cordel esté bien **tenso**. Entonces me dice hacia dónde hay que correr y CÓMO LANZAR la cometa muy alto. **No** parece difícil. Hacemos una prueba.

Yo corro y corro mientras papá intenta DESESPERADAMENTE lanzar la cometa al aire para que VUELE.

Va gritando:

«¡VENGA, VENGA, ya casi está!

¡AHORA, TOM, AHORA!».

Pero la cometa no para de caer como una piedra.

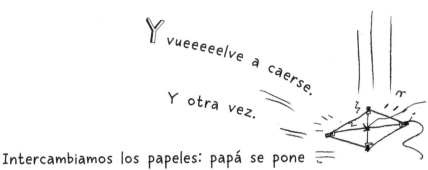

Y vueeeeelve a caerse.

Y otra vez.

Intercambiamos los papeles: papá se pone a correr con la cometa mientras yo la lanzo al aire.

Y entonces reconozco a alguien que viene andando con un perrito esmirriado.

 ↑ Es MARCUS. Justo la ÚLTIMA persona con la que quiero encontrarme. Fijo que empieza a meterse con mi cometa (grrr...). Pero tampoco puedo hacer como que no le he visto, ¿verdad?

Hola, Marcus.

«Hola, Tom. ¿Qué es eso?».

(Ya empezamos...).

«Es una COMETA».

«¿QUÉ? ¿Esta COSA hecha con bolsas de plástico es una cometa?».

«SÍ, Marcus, es una cometa. La ha construido mi padre y yo le he ayudado un poco. VUELA que lo FLIPAS».

«¿Dices que esta cometa puede volar?», sigue Marcus con voz de sorpresa.

Papá se acerca para recoger la cometa, saluda: Hola, Marcus, y vuelve a subir a la colina para intentarlo otra vez. Pero yo no quiero que Marcus se quede MIRANDO.

Y menos, después de haberle dicho que la cometa vuela que lo flipas.

«¡Cuando quieras, Tom!», me grita papá.

(Ay, madre...).

«Bueno, Marcus, hasta luego»,

le digo, a ver si así se

Pero él replica: «De aquí no me voy hasta que

vea —— volar esa cometa tan FLIPANTE».

(¡Qué plasta!).

«Vale, pues ahora lo verás», le digo mientras

pienso «¡QUE VUELE, POR FAVOR,

QUE VUELE!».

Marcus se saca del bolsillo un bocata

a medio comer y empieza a ZAMPÁRSELO,

como si estuviese en el CINE o algo así.

«¡AHORA, papá!», grito. «¡Yo lanzo

la cometa hacia ARRIBA y tú TIRAS de ella

y CORRES!».

Ese es el plan.

(Que hasta ahora no ha funcionado).

Suelto la cometa y, durante un segundo,

¡una brisilla la ATRAPA

y la LEVANTA!

¡Muy, muy arriba!

Yo suelto un *hurra* y grito:

«¡VIVAAAA, YA VUELA, YA VUELA!».

Papá tira del cordel para mantenerla en el aire.

«¡Funciona! ¡Ya vuela! ¡VIVAAAA!».

Marcus se queda BOQUIABIERTO, como si no

pudiera creerse lo que ve.

(¡Y no es el único!).

«¿**N**o te había dicho que v o l a b a
que lo flipas?», le recuerdo, y entonces su miniperro
corre hacia mí y pega un gran BRINCO.
Yo le digo: «¡**NO**!», creyendo que quiere
ATRAPAR la cometa.

Pero lo que quiere es el bocata de Marcus...

i... y se lo lleva!

Para ser un perro tan esmirriado, ¡menudos saltos da!
Marcus se olvida de la cometa y corre detrás
de su miniperro.

Está muy en forma.

(Marcus no, el miniperro).

POR SUERTE, Marcus ya está lejos cuando

la brisilla se para, la cometa cae en picado...

¡y se estrella con un PATAPLOF!

Papá y yo nos acercamos
a mirar el destrozo.

«Aún podemos arreglarla», dice él.

«¡Por lo menos ha volado!», digo yo.

Y los dos decimos: ¡CHÓCALA!

Cuando volvemos a casa, papá se va
directamente a su cabaña para intentar arreglar
la cometa. Y a mí POR FIN me dejan ver el final
de los DIBUS, que es GENIAL. Aunque reconozco
que volar la cometa ha sido mucho más divertido
de lo que esperaba. (Por cierto, que no se me olvide
llevarme un cordel al cole).

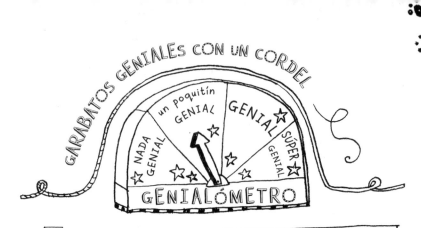

GENIALÓMETRO

Traerme un cordel de EMERGENCIA a clase ha sido una idea GENIAL.

Me ayuda a distraerme cuando la VOZ del señor Fullerman empieza a sonar

como la de un robot.

Bla bla bla bla...

Si veo que el señor Fullerman me mira 👁👁,

escondré el cordel debajo de la mesa
y haré como que estoy «pensando».

El problema es Marcus, que no para
de ESPIAR lo que hago. (¡Qué rabia me da!).

¡Acabarán castigándome por su culpa si no

PARA DE
COTILLEAR!

«Solo es un cordel, Marcus», le digo.

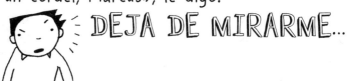

DEJA DE MIRARME...

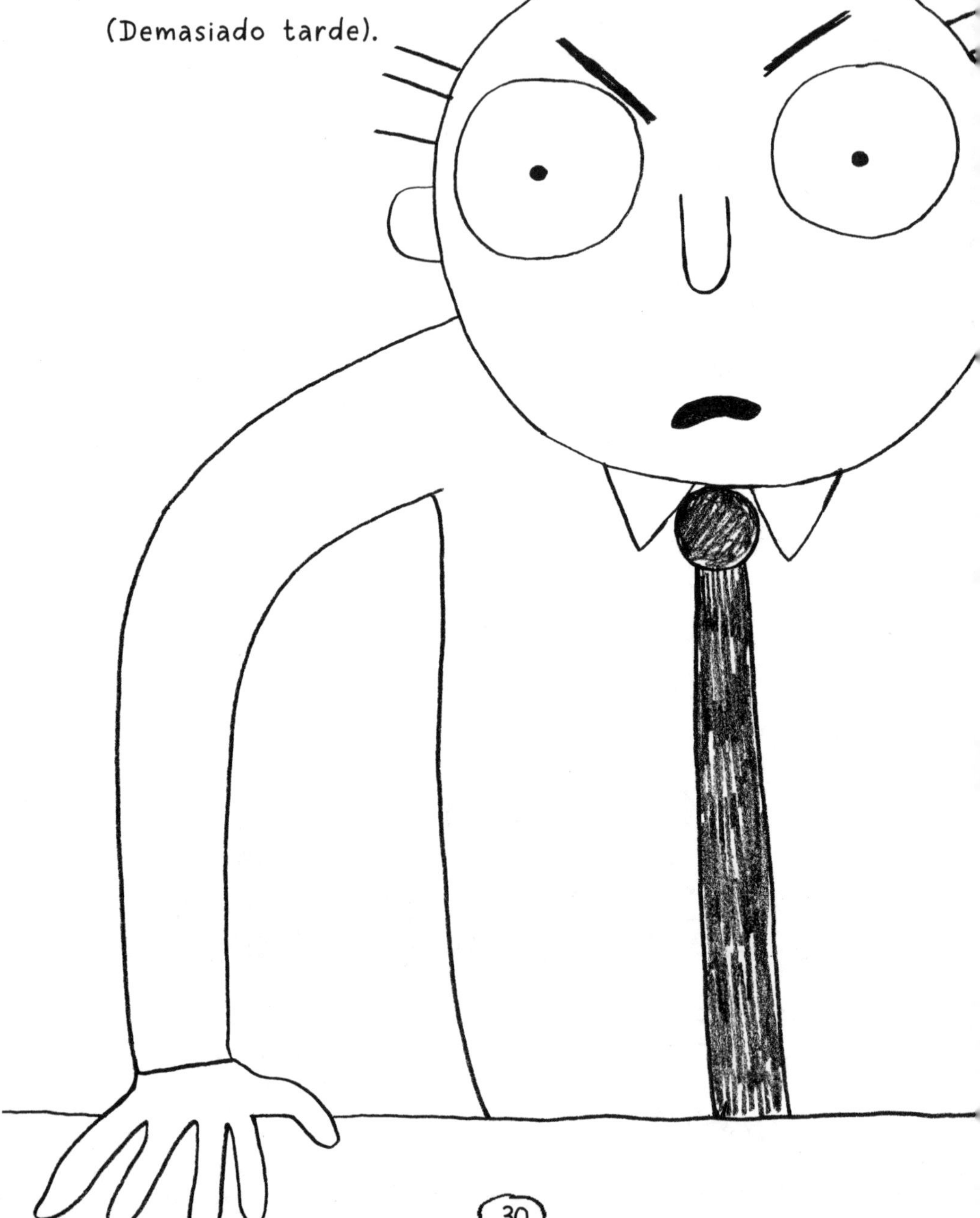
(Demasiado tarde).

«¡Gracias, Tom, ya lo GUARDO YO!».

(Se acabó lo de dibujar con un cordel).

Sin cordel,
mi día
ha bajado
hasta aquí:

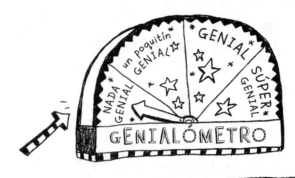

GENIALÓMETRO

EN CASA

Esta invitación nos ha llegado mientras hacía

los DEBERES (mejor dicho, mientras me planteaba

hacerlos) en el salón.

 MERIENDA DE PRESENTACIÓN ❀

¡Hola, somos vuestros nuevos vecinos!
Rick, Sarah, nuestra hija June
y el gato Roger.

¡Queremos celebrar una MERIENDA
EN CASA!

Estáis todos invitados. ¡Nos gustaría hacer
un montón de AMIGOS NUEVOS!
De las 16.00 a las 18.30 h.

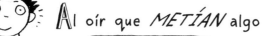 Al oír que *METÍAN* algo

en el buzón , he ido a ver qué era.

He cogido el sobre y he CORRIDO

al salón para ASOMARME por la ventana y ver

quién lo había dejado. Cuando he visto a JUNE

mirándome desde el otro lado,

me he quedado **DE PIEDRA**, y me he agachado

hasta que se ha ido. Luego, he mirado

el sobre. ¿Y si era una carta de queja

por haber vuelto a poner

a los

a toda pastilla?

Iba dirigido a:

TODOS los de
la Avda. Castle, 24

TODOS = YO también.

He abierto el sobre.

Por suerte, no era una queja, sino la invitación a la *MERIENDA*. La he pegado en la nevera, como hace mamá para comunicar algo

OFICIAL.

Cuando la ha visto, ha dicho: «¡Qué bien!, así podremos conocerlos mejor».

☕ MERIENDA DE PRESENTACIÓN ✿
¡Hola, somos vuestros nuevos vecinos!
Rick, Sarah, nuestra hija June
y el gato Roger.

¡Queremos celebrar una MERIENDA EN CASA!

Estáis todos invitados. ¡Nos gustaría hacer un montón de AMIGOS NUEVOS!
De las 16.00 a las 18.30 h.

(TRADUCCIÓN:

así podrá **cotillear** tranquilamente toda su casa).

¿Tú vas a ir?

Llamo a Derek para saber si a él también le han invitado. ¡No me gustaría estar solo en casa de June!

(Él también va a ir. ¡FIU!).

¡Si no, vaya rollo!

¡Los **DUDE 3** dan pena!

34

Ahora mismo diría que estoy aquí:

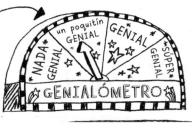

GENIALÓMETRO

NADA GENIAL · un poquitín GENIAL · GENIAL · SÚPER GENIAL

El día de la MERIENDA, a mi madre de pronto

le da por hacer galletas. Mientras están en el horno

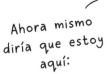 HUELEN genial,

pero luego resulta que están

Oh...

ASQUEROSAS. ¡Puaj!

«Igual he confundido la sal con el azúcar», dice mamá.

(Eso sería más típico de la abuela).

Pero he tenido suerte, porque mamá

me manda a la tienda

«a comprar algo rico, ¡CORRE!».

Y ahora, el azúcar.

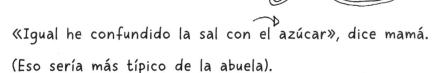

SAL

azúcar

(¿Qué se CREE, que pensaba comprar algo chungo?).

Hummm..., ¿y si compro un paquete **enorme**

de galletas?

Pero en la tienda me dicen que se les han acabado.

¿QUÉ?

Al principio me quedo CHAFADO, pero **por suerte** veo una cosa muy rica:

¡Un montón de **DÓNUTS** de diferentes **COLORES**! Todos tienen una pinta **DELICIOSA**.

Al final compro una caja de seis dónuts y, con el cambio, unos caramelos de nata (para **MÍ**).

Cuando llego a casa, mamá dice: «Vaya, espero que no estén tan malos como parecen».

A mí me parecen bastante RICOS. ☺

«En fin, nos tendremos que apañar con esto», suspira.

Mi padre aparece con una de sus camisetas MARCIANAS.

«¿Piensas ponerte ESO?», le pregunta mamá.

«Vamos a merendar con los VECINOS, no con la REINA», replica él, mirándose la camiseta.

«Bueno, procura no empacharte de pastelitos», dice mamá.

Papá y yo nos preguntamos a quién de los dos se lo habrá dicho. «Va por los dos. Pero sobre todo por ti, Frank».

Somos los primeros en llegar a casa de los vecinos
(da un poco de corte).

La madre de June lleva un vestido
muy **largo**, y su padre,
una cinta en la cabeza.
(En comparación, la camiseta
de papá parece hasta normal).
Después de saludarnos,
la madre de June me pregunta:
«June y tú ya os conocéis, ¿verdad?».
«Vamos a la misma clase», contesto .
Y June salta : «Todavía», como si supiera
algo que yo no sé. «¿Puedo ir a buscar
a Roger? Creo que se ha escapado», sigue,
como si yo no existiera. Su madre le dice que sí
y luego me pregunta si quiero ir con ella.
Pues no. Pero no le digo eso, sino que
le contesto: «No, gracias». De todas formas,
June ya se ha ido.

«Roger es nuestro gato 🐱. Siempre está escapándose», nos explica el padre de June.

«Seguro que está en **nuestro** jardín, destrozando las plantas», digo.

(Es una manía que tiene).

Los padres de June se han quedado cortadísimos.

Vaya...

Mamá cambia rápidamente de tema 👧: «Hemos traído algunas cosillas para la merienda».

«Muchas gracias», sonríe la madre de June.

«¡Si **todavía** no habéis visto lo que son!», bromea papá (pero mamá no se ríe).

«Dejadlas en la mesa, al lado de las galletas y los bollos caseros», dice la madre de June.

«Solo uso ingredientes naturales, SIN colorantes. Es mucho mejor, ¿verdad?», pregunta.

Mamá se queda mirando los dónuts
que acabo de poner en la mesa.

«Sí, supongo que sí..., si tienes tiempo para eso».

(Los dónuts cantan MOGOLLÓN).

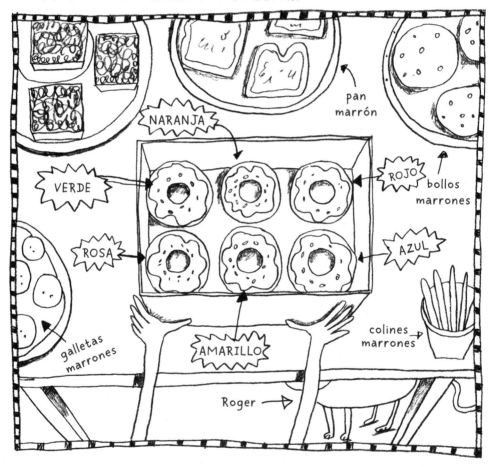

Cuando llega Derek, **ATACAMOS** la merienda

antes de que nos la quite alguien. Pero nos cuesta

decidir por dónde *empezar*, así que probamos

un poco de cada cosa para ver qué nos gusta más.

«Esto tiene como TROPEZONES dentro»,

dice Derek, y deja otra vez el panecillo

en la mesa.

Después de algunas pruebas más... cogemos un dónut

cada uno. Mientras me como el mío, oigo a mamá

hablando con los padres de June sobre

el tiempo que paso viendo la TELE.

(¡No TANTO como yo quisiera!).

Dejo de masticar para oír MEJOR

la conversación.

La madre de June dice: «June no ve la tele porque no tenemos».

Y entonces, mi madre VA Y DICE:

Si tirásemos nuestra TELE, yo no la echaría nada de menos.

¿Por qué ha dicho ESO?

¿Eh?

Con la boca todavía llena

de dónut, **GRITO**:

«¡YO SÍ QUE ECHARÍA DE MENOS LA TELE! ¡NO TIRÉIS LA TELE!».

Mamá sigue charlando como si nada.

De pronto, me mira O'O y salta...

A **Tom** le **encanta** la TELE, pero **YO** solo la veo muy de vez en cuando.

Pues hay MUCHOS programas que nunca se pierde. Ahora tendré que recordarle todo lo que echaría de **MENOS** si no tuviésemos TELE.

Aprovecho que está hablando del tema con los padres de June para decir:

Sin tele, te quedarías sin *Subastas locas*, y sin *Mira cómo bailan*, y sin...

(Vale, Tom, muchas gracias).

Derek dice que se va a su casa a pasear a Pollo.

(Menuda suerte.

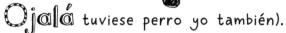

Ojalá tuviese perro yo también).

Ahora que Derek se ha ido, yo también quiero largarme. Como mamá todavía está charlando, empiezo a pensar en formas de convencer a mis padres para volver a casa.

¡Invasión ALIENÍGENA!

Estoy malo.

¡Delia ha montado una FIESTA!

Al final le digo a mi madre que tengo

UN MONTÓN de deberes.

«Entonces, ¿me puedo ir ya?».

 «Sí, Tom».

Papá dice que me acompaña.

(Me huelo que él también tiene ganas de irse).

¡VÁMONOS!

Estoy a punto de irme cuando VEO que queda un **dónut**. Sería una pena que sobrase, ¿no? Tampoco es que me haya hinchado a comer bollos de los otros. Papá está diciéndoles ADIÓS a todos cuando la madre de June llega corriendo y grita:

«¡Zape! ¡Zape! ¡Fuera de la **mesa**, Roger!».

(Es el gato de June, haciendo de las suyas).

Total, que me he quedado sin dónut.

DEBERES

$\mathbb{A}$hora ya no tengo excusa para no hacer

los deberes, así que subo a mi habitación para ir

empezando. Pero no paran de venirme ideas

buenísimas para un CÓMIC

con los personajes de LA FRUTIPANDILLA

LOCA.

Entonces me encuentro

esta carta sobre la SEMANA CULTURAL. Debo de

haberla metido en mi cuaderno para que no se perdiera.

Resulta que la semana que viene vamos a hacer cosas

diferentes en clase (puede ser

divertido).

SEMANA DE
ENRIQUECIMIENTO CULTURAL

Queridos padres o tutores:

Su hijo va a participar en la Semana Cultural,
variedad de temas: cine,

LA FRUTIPANDILLA LOCA
¡VOLARÁ!
¿Tú crees?
Mala Uva
¡SÍ!
No VOLARÁ.
Humm...
¡Vuela, VUELA!
¿Por qué no vuela?
Da pena.
Plátano tiene una idea.
¿Preparada, Piña?
Oh, oh...
No funcionará, ya lo veréis.
¡Funciona!
cometa temblona
Psé...
¡Piña va a darse un piñazo!
¡Uaaa!

Norman ha dicho algo gracioso al ver la carta.
«¿Nos vamos a hacer RICOS con la semana de enriquecimiento cultural, profe?».

«Lo siento, pero no, Norman», le ha contestado el señor Fullerman.

(Aunque sería genial que nos hiciéramos ricos, la verdad).

De deberes tenemos que ir rellenando el DIARIO DE LECTURAS. El libro que me estoy leyendo ahora es guay (es del DOCTOR PLANETA), pero siempre se me olvida pedirles a mis padres que vayan firmándome el diario, y por eso acabo firmándolo yo mismo con un garabato.

AHORA, aunque me acuerde, ya no les puedo pedir que lo firmen, porque verían que he estado haciendo trampas.

Y tengo que esperar a terminar este diario antes de empezar uno nuevo.

Bueno, a ver si me pongo con los deberes...

... dentro de un rato.

Me he inventado dos personajes más de la
FRUTIPANDILLA LOCA.

Kiwi Kotilla

Marcus Cerezus

¡Ja!

Mientras dibujo, miro ⊙⊙ por la ventana
el jardín ▸ de June, que va de un lado a otro
buscando a su gato otra vez. No lo va a encontrar,
porque está escondido en nuestro jardín. Podría dar
unos golpecitos en la ventana y avisarla. O podría...

... no decir nada. (Chissssst).

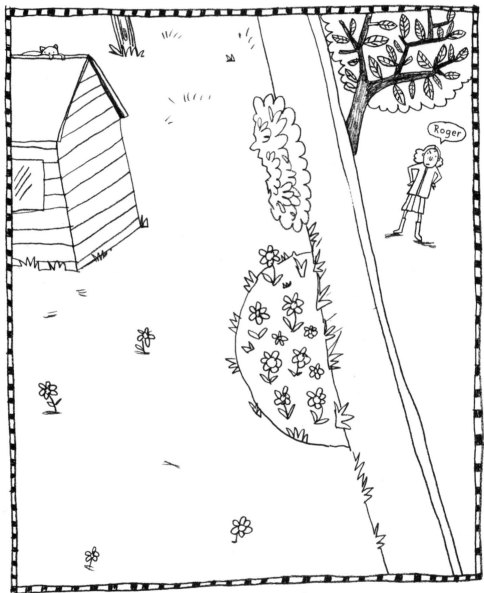

(¿Dónde se esconde Roger?).

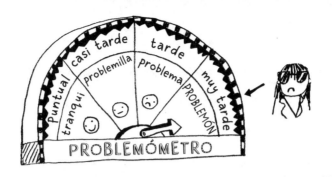

PROBLEMÓMETRO

En lugar de venirse a MERENDAR con los vecinos,
Delia ha salido con sus amigas y ha vuelto
MUY TARDE. ☆ ☽ ☆ Pero como se ha dejado
las llaves, ha tenido que llamar a la puerta.
¡Y me ha despertado!

    Papá y mamá han bajado
a abrir. Y no están nada CONTENTOS. 🙁

    Salto de la cama y abro mi puerta
    para OÍR lo que dicen.

    Por ejemplo:

«¿Estas son horas de llegar?»
y «Quedamos en que volverías antes.
¿Por qué no has llamado?».

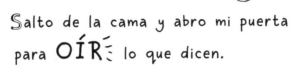

Asomo la cabeza por la puerta para escucharlos

mejor, pero no oigo muy bien

lo que contesta Delia...

De pronto, se oye un PORTAZO y alguien

sube las escaleras CORRIENDO.

Vuelvo a la cama DE UN SALTO...

... antes de que Delia

pase por delante de mi cuarto

y dé otro PORTAZO al entrar

en su habitación. Si no estuviese ya despierto, seguro

que lo estaba ahora.

Mañana por la mañana se encontrará con una de las

«CHARLAS» de papá

y mamá, seguro.

Estamos muy
decepcionados.

Fijo que la van a castigar

una semana sin salir, como mínimo.

Lo malo es que entonces se pasará el día de morros,

todavía más BORDE que de costumbre,
si es que es posible (que lo es).

¿Te vas a terminar esto?

Lárgate.

Mis padres ya han apagado
las luces y se van a la cama. Hablan muy bajito
para que Delia (y yo) no oigamos lo que dicen.

Tendré que escuchar con MÁS atención.

Vuelvo a salir de la cama a escondidas, pero
está tan oscuro que no veo ni torta, y sin querer
TROPIEZO con mis ZAPATOS viejos

(los había dejado tirados
por el suelo).

¡UYUYUY!

Sin querer, EMPUJO el respaldo
de la silla.

La silla se cae al suelo con un FuERTE

¡PLOF!

Y, de paso, tira al suelo un cacao que no me he bebido (tenía una capa de **NATA** con una pinta asquerosilla). ¡Oh, oh!

Papá y mamá entran corriendo en mi cuarto. ¿Qué ha PASADO?, exclaman, mirando el desbarajuste del suelo.

Y yo contesto: «Las VOCES y los portazos me han despertado y no veía por dónde iba». Entonces agarro mi peluche y lo achucho para que mis padres no se enfaden por la mancha del suelo.

Para rematar, pongo esta cara de sueño:

Papá coge un trapo para limpiar el cacao.

(¡Fiu! ¡Me he librado!). «Estoy un poco cansadito»,

murmuro. Mamá dice que me va a arropar (¡qué bien!).

Después digo: Tengo un poco de sed.

Mamá me trae un vaso de agua.

Doy unos sorbitos, lo dejo en la mesilla

y suelto un gran

¿ SUSPIRO?

Como mis padres siguen sonriendo, me arriesgo

un poco más...

También tengo un poco

de hambre. ¿Me dais

una galletita?

«Buen intento, Tom. Hasta mañana».

(Bueno...,

el no ya lo tenía, ¿verdad?).

zzzzz

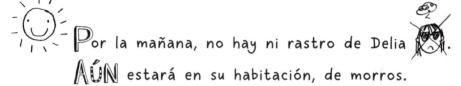 Por la mañana, no hay ni rastro de Delia.

AÚN estará en su habitación, de morros.

Me siento a la mesa de la cocina con el cuaderno

abierto, para que parezca que estoy

haciendo los deberes. Pero en realidad

estoy haciendo más dibujitos.

Cuando paso la página,

me encuentro con otra carta del señor Fullerman

sobre la SEMANA DE ENRIQUECIMIENTO CULTURAL.

En esta carta nos RECuERDA

que vamos a hacer pizzas y que tenemos que llevar

los ingredientes.

Normalmente no cocinamos nada en el cole,

pero durante la SEMANA CULTURAL vamos a probar

cosas NUEVAS. Si de mí dependiese, propondría

otras cosas NUEVAS para PROBAR.

POR EJEMPLO:

Malabares con galletas

Y

DIBUJAR

(garabatos con y sin cordeles).

¡Sería bestial!

No haremos las bases de las pizzas, solo les añadiremos los ingredientes. No parece muy difícil (espero).

En clase, el señor Fullerman repartió hojas de papel con un círculo vacío dibujado. Primero teníamos que escribir los ingredientes, y luego decorar la pizza tal como quedaría.

¡Esta es la mía!

Algunos → (Brad y Mark) pensaron que sería más divertido elegir sabores RAROS. (¡Error!). El profe cogió el dibujo de Brad y lo leyó para todos.

Chocolate, nubes y palitos de pescado. MUY interesante.

Y arrugó la nariz, como enfadado.

Nombre: Tom Gates

¿Como será tu pizza?
Escribe tu nombre arriba, y los ingredientes aquí.
Después, dibuja cómo será tu pizza.

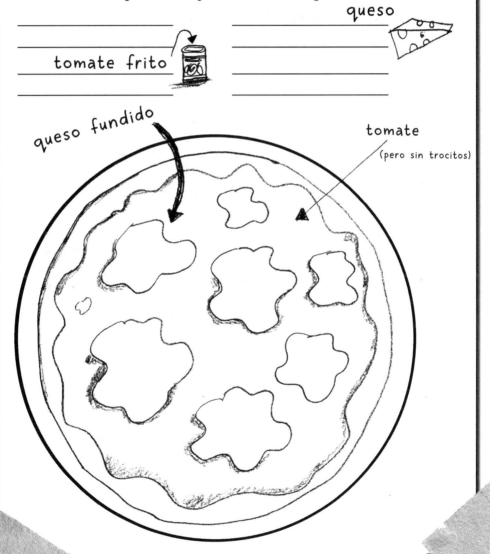

queso

_____

tomate frito

queso fundido

tomate
(pero sin trocitos)

A **B**rad se le escapó una RISITA

cuando el profe le dijo:

 **«¿SEGURO que es esto lo que quieres poner en la pizza?».**

«**E**s que me gusta COMBINAR sabores».

(Todos nos partimos de risa).   ¡Ja! ¡Ja! ¡Ja!

Yo le susurré a **AMY**:

«Pues mi abuela hace pizzas así».

(Es la pura verdad).

pizza de frutas   pizza de pasta

El señor **F**ullerman vio los ingredientes

de Mark y también los leyó en voz alta:

«Mermelada de mora, patatas fritas y queso».

(Al oírlo, Julia exclamó: ¡Puaaj!).

(60)

RECORDAD,
CHICOS: LO QUE PONGÁIS EN LA __LISTA__ SERÁ LO QUE OS COMERÉIS EN EL **ALMUERZO.**
¡Espero que os guste la mermelada con patatas, Brad y Mark!

 Los dos levantaron la mano para pedir hojas nuevas.

Mi pizza es simple y rica (solo dos ingredientes), pero seguramente traeré algún aperitivo extra, por si algo sale mal. QUEMADA

(Nunca se sabe).

Esta mañana sigo dibujando más escenas divertidas...

iÑam!

¿QUÉ PIZZA gigante?

... como ESTA cuando Delia aparece POR FIN. Está más mosqueada que nunca.

(Mal rollo).

Mis padres la han oído llegar y entran en la cocina. Intentan estar ANIMADOS para «suavizar el ambiente» después de la bronca de anoche. (Una pérdida de tiempo, en mi opinión).

Mamá dice 😊: «Sabemos que estás molesta con nosotros, Delia».

(Eso se nota a la legua).

«Si quedamos en una hora de volver a casa, no puedes saltártela, ¿lo entiendes?».

«Hoy iba a quedar con mis amigas para ESTUDIAR. ¡Si suspendo, será por vuestra culpa!», les dice.

(¡Muy buena! ¡Me la apunto!).

«Diles que vengan a estudiar AQUÍ. No puedes SALIR en toda la SEMANA».

¡TODA LA SEMANA!

«Ya me has oído... Si tenéis que estudiar, invítalas a casa».

¿Seguro? Papá no lo ve nada claro.

«¿Qué problema hay con mis **amigas?**», quiere saber Delia.

Yo podría contestar a eso. Para empezar,

todas tienen

su misma pinta. enfurruñadas →

agobiadas ←

desganadas →

 Mamá dice que las amigas pueden venir a casa

con estas condiciones:

- Que no pongan la música FUERTE.

- Que no vacíen la nevera.

- Que no dejen tazas

  por todas partes

  y no ensucien mucho.

«Si es así, las recibiremos

con los brazos abiertos».

(Yo no, eso seguro).

Me parece FATAL. Bastante tengo con Delia

rondando por la casa como un alma en pena

como para aguantar también a sus amigas.

Espero que mis padres se hayan fijado en mi BUEN

comportamiento y en que he dejado el cuaderno

de ejercicios abierto (como si los estuviera

haciendo), porque quiero preguntarles si también

puede venir Derek.

«Claro que puede venir», dice mamá.

«En mi habitación no entréis», refunfuña Delia.

Siempre dice lo mismo, como si yo entrase

en su habitación cada DOS POR TRES. Solo lo hago

cuando necesito algo como:

- la revista SÚPER ROCK,

- o un boli,

- o algún CD,

... o, muy de vez en cuando, unos calcetines.

Y, si me ha chinchado mucho, le cojo las gafas

de sol...

... y se las ESCONDO.

Pero no es lo mismo que cada dos por tres.

 «Y no **pinches** a mis amigas. No quiero
que tú y Derek empecéis a hacerles
preguntas idiotas tipo: "¿Y qué música os gusta?"».

 Delia pone una VOZ RIDÍCULA
para imitarme.

«¡Yo no hablo así!», protesto. Ni siquiera
se me había ocurrido PINCHAR a Delia
ni a sus amigas.

Pero AHORA que me ha dado la idea,
creo que sería divertido. ¡Ja! ¡Ja!

 Mamá suspira. «¡Dejad de pelearos!».
Yo digo que sí con la cabeza y sigo dibujando.

«¿Estos son tus deberes?», me pregunta mamá.

Podría contestar que SÍ, pero luego me costaría

mucho explicar de qué asignatura son.

Son deberes
de GARABATOS
importantísimos.

Le digo que estoy dibujando y creando personajes.

«Están muy bien, Tom», dice ella.

«Ah, eso me recuerda...». Y me enseña un

calendario de PERRITOS Y GATITOS.

«Una compañera de trabajo muy amable me ha dado

esto para ti, porque le he dicho que

te gustan los perros y los dibujos».

«Ojalá tuviese un perro

DE VERDAD», suspiro.

«Mala suerte, chaval.

Nunca lo tendrás, porque soy ALÉRGICA

a los gatos y a los perros»,

me recuerda Delia.

Luego mira el calendario y dice:

«¿QUIÉN querría colgar algo así

en su cuarto?». Y yo: «No todo el mundo

es ALÉRGICO a los gatos y a los perros,

¿sabes? A mí me gusta». (Y como soy

un BUEN hijo, añado: «Gracias, mamá»,

y echo un vistazo a los dibujos).

«¡QUÉ mono!», dice mamá cuando

le enseño uno de los perros.

Mi padre también sonríe al ver los perritos.

«¡Anda, mira este! ¡Lleva un sombrero como el mío!».

Delia no puede más.

«No lo soporto,

esto es PATÉTICO»,

refunfuña antes de irse.

Y nosotros seguimos

mirando el calendario entero.

Por la tarde, Derek llega a casa JUSTO
al mismo tiempo que las amigas de Delia.
Lo normal es que se hubiesen ido directamente
a su habitación.

Derek

Pero hoy, no sé POR QUÉ, Delia ha decidido
llevarlas al salón. Me da MUCHA rabia porque
Derek y yo acabábamos de sentarnos en el sofá
(para ver la tele).

Hacednos sitio..., por favor.

(Lo de «por favor» es nuevo).

Yo le digo: «Lo siento, hemos llegado antes».

«Tom, nosotras también tenemos que sentarnos.

¿Nos hacéis sitio **o qué**?». (Yo paso de ella,

y Derek también).

AHORA.

Al ponerse en plan hermana MANDONA delante de

sus amigas, yo sigo pasando de ella, y Derek también.

«¿Y si vamos a tu habitación a componer alguna canción para las audiciones del **CONCURSO DE ROCK**?», me susurra Derek. Y yo le contesto: «Sí, podríamos hacer eso...

O podríamos quedarnos aquí viendo la **TELE**».

Y FASTIDIANDO a Delia (cosa que siempre me ANIMA). Como no hay quien nos mueva, las amigas de Delia se ponen a charlar, y nosotros pegamos la oreja.

Conozco a algunos de los grupos que se presentarán al **CONCURSO DE ROCK** de este año. El premio para los ganadores es una pasada.

«¿Has oído eso?», le susurro a Derek.

«¿Y qué grupos se presentan?», pregunto a las amigas
de Delia (aunque me había dicho que NO hablase
con ellas).

Mi padre **ASOMA** la cabeza por la puerta
y pregunta: «¿Va todo bien por aquí?».

Estoy a punto de decir que **NO** cuando Delia
se me ADELANTA.

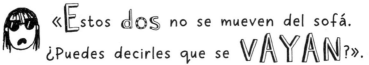 «Estos dos no se mueven del sofá.
¿Puedes decirles que se **VAYAN**?».

«Pero nosotros estábamos antes».

«Venga, Tom, que Delia y sus amigas
tienen que estudiar. ¿No podéis ir a otro sitio
hasta que acaben?».

(¿Estudiar? ESO habría que verlo).

Delia y sus amigas enseñan un libro, unos papeles y un boli. (A mí no me convencen).

 ← boli

Pero entonces mi padre nos dice:

¿No tenéis ganas de salir y respirar aire fresco?

«Vale, papá, nos vamos afuera».

Y le digo a Derek: «Podemos ir pensando qué canción tocaremos en el CONCURSO DE ROCK».

Así me gusta, Tom, dice papá, y nos deja solos. Pero como las amigas de Delia siguen hablando de las audiciones, nosotros dos no tenemos prisa por irnos. Y así fastidiamos más a Delia.

Dicen que se presentará ese grupo de PRINGADOS que van con jersey.

(No... ¿En serio?).

H~ago~ un **chiste**:

¡Pues podrían ponerse sus **JERSÉIS** y llamarse los **ABRIGA 2!**

ABRIGA2

 Derek y todas las amigas de Delia

se echan a reír (pero ella no).

«¿C~ómo se puede tocar en una banda

con unos **JERSÉIS** así de gordos?»,

se pregunta una de las amigas.

E~ntonces Delia decide hacerme pasar **VERGüENZA**

diciendo: «Mi hermano pequeño tiene un BODY

DE GATITOS MUY GORDITO, ¿verdad, Tom?

Podrías ponértelo cuando actúes con tu grupo».

(Me parto, Delia).

Yo le digo: «Los **LOBOZOMBIS** nos presentaremos a las audiciones del **CONCURSO DE ROCK**, y NO llevaré un body gordo de gatitos porque no tengo ninguno, ¿**VALE**?».

Derek me susurra al oído: «**OYE**, que yo **SÍ** que tenía un body gordito de gatitos..., pero ahora ya no».

(Gracias por sacar el tema, Delia).

Mi hermana empieza a agitar las manos como para echarnos.

Fuera, fueraaa...

«¿Todavía seguís aquí?», dice.

Intento pensar en una buena contestación, pero se me queda la mente en blanco.

«¿**P**or qué no os vais ya?», insiste Delia.

«Pueeees... porque vivo aquí y Derek es

mi **colega**. ➡️

(Es la pura verdad y una contestación muy buena

también).

«Siento que hayáis tenido que aguantar a estos.

Pero ya se van», les dice Delia a sus amigas.

(¡Ya sé qué MÁS voy a decirle!).

Con voz muy segura, les cuento:

«¿Sabíais que Delia es **SÚPER**

fan de **SEVEN**,

ese grupo para chicas ñoñas?».

«Pasad de él. NO ES VERDAD, y además

no tiene gracia, Tom».

(Yo creo que sí que la tiene, porque sus amigas

se ríen y Derek también). ¡Ja! ¡Ja! ¡Ja! ¡Ja!

Conseguimos quitarnos del medio antes de que Delia nos lance un cojín.

Derek todavía se RÍE: «¡Menudo MOSQUEO ha pillado tu hermana! ¿Es verdad que le gustan los **SEVEN**?», me pregunta.

«No, me lo he inventado». Y se me ha ocurrido otra idea GENIAL.

Mientras Delia «estudia», Derek y yo juntamos un montón de fotos de los **SEVEN**...

¡Aquí hay otra!

... y decoramos su habitación con ellas.

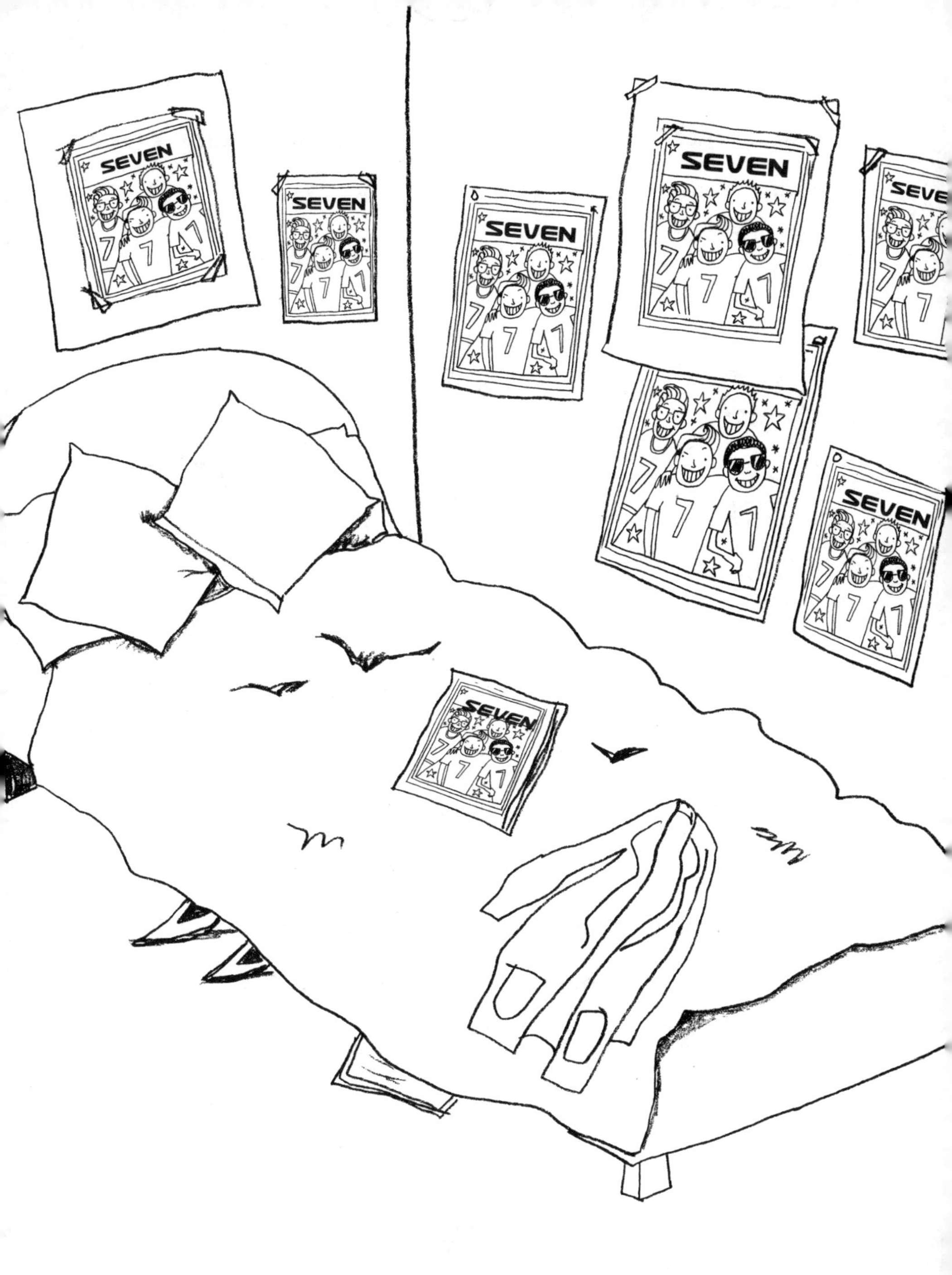
SEVEN
SEVEN
SEVEN
SEVEN
SEVEN
SEVEN
SEVEN

Por suerte para Derek, ya ha vuelto a su casa cuando Delia sube con sus amigas a su habitación.

Por la forma en que

GRITA

mi nombre ¡TOM!,

diría que no le ha hecho mucha ilu la nueva decoración. Me encierro en mi cuarto hasta que se calma. (Y tarda un buen rato).

Mis padres me hacen quitar todas las fotos y disculparme. (¡A pesar de todo, ha valido la pena!). Intento no acercarme mucho a Delia y decido hacer algunos dibujos chulos en el **calendario de PERRITOS Y GATITOS** que me ha dado mi madre. Cuando cojo el cuaderno, encuentro la carta del DIRECTOR sobre la SEMANA CULTURAL.

Es importante que la pegue en la nevera. Pero antes dibujaré gatos y perros en ella. No hay problema, no me OLVIDARÉ de nada por eso.

SEMANA CULTURAL
INSPECCIÓN ESCOLAR

gatocometa

Estimados padres o tutores:

Esta semana tendremos INSPECCIÓN ESCOLAR Y SEMANA DE ENRIQUECIMIENTO CULTURAL.

Para los alumnos, será una gran oportunidad de practicar nuevas actividades. Se seguirán impartiendo clases normales para algunas de las asignaturas.

El profesor de cada clase ya ha dado a sus alumnos una lista de las actividades, en la que se especifica el material EXTRA que tendrán que traer al colegio.

Será una experiencia ENRIQUECEDORA para todos.

Procuren que los alumnos sean PUNTUALES y que lleven el uniforme IMPECABLE.

Gracias,

Sr. Keen

Director

(Ahora la carta es mucho más simpática).

SEMANA CULTURAL

Será una BuENA semana.

June ya ha salido para el cole y va andando delante de nosotros..., pero Derek y yo no la alcanzamos. (No PARAMOS de reírnos de la habitación REDECORADA de Delia).

¡Ja! ¡Ja!

Ya casi hemos llegado al cole cuando Derek dice: «Nosotros haremos un cortometraje esta semana». «¿Toda tu clase?», le pregunto.

«Sí, y saldrá hasta la señora Worthington», me cuenta.

Y yo le digo:

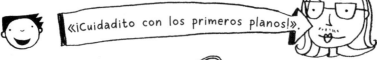

«¡Cuidadito con los primeros planos!».

Eso hace reír a Derek.

«Pues nosotros haremos pizzas», le cuento yo.

EN CUANTO DIGO LA PALABRA

 (PIZZAS), ¡DE REPENTE RECUERDO

QUE ME HE DEJADO LOS INGREDIENTES

EN  CASA!

 «Si te das prisa, todavía puedes volver a buscarlos», dice Derek.

Y eso es lo que hago. CORRO de vuelta a casa. (Por suerte, vivo muy cerca).

Abro la puerta y entro como una *FLECHA* en la cocina gritando:

«¡MAMÁ... queso... tomate, por favor...! ¡TOMATE, mamá!».

Pero ella ya se ha ido al trabajo y parece que papá tampoco está (o está en su cabaña  y no me oye).

Miro ʘˋʘ́ directamente en la nevera.

Queso, queso... ¿cuál de todos?

¡HAY UN MONTÓN DE QUESOS DISTINTOS! ¿Cuál cojo?

Por si las moscas, los cojo TODOS y los meto en la mochila.

LECHE

BRIE

QUESITOS

QUESO

QUESO

Luego abro la despensa para buscar una lata de TOMATE y pasan DOS cosas:

1. Encuentro la ÚLTIMA lata escondida detrás de unas lentejas. ¡BIEN! ☺

2. Cuando la cojo, tiro un paquete de HARINA. ¡MAL! ☹

El paquete de harina cae a CÁMARA LENTA, casi vuelca una taza...

... se ESTAMPA en el suelo... y toda la harina...

¡SE DESPARRAMA POR TODAS PARTES!

(¡Sí, sí, POR TODAS PARTES!).

¡Qué DESASTRE!

Intento barrer la harina con las manos en dirección al paquete. Y más o menos funciona..., hasta que se me vuelve a caer. Se levanta una NUBE de harina hasta mi cara. No puedo recoger todo esto si no quiero llegar tarde al colegio.

Vuelvo a meter el paquete en la despensa, pero sin querer piso un montoncito de harina (y, encima, mis zapatos tienen AGUJEROS).

Ahora que he apilado toda la harina en un rincón de la cocina, todo está un poquitín mejor.

(Hala, ya está).

Cojo la mochila y corro hacia la puerta... dejando un rastro de huellas blancas.

A cada paso que doy al volver al cole, me sale una nube de harina de los zapatos.

Además, ha empezado a LLOVER.

Acabo EMPAPADO porque, encima, me he dejado el abrigo. (Grrr...).

Cuando POR FIN llego al colegio...

¡todo está diferente!

La entrada se ve muy LIMPIA y ORDENADA (cosa rarísima).

En la puerta está el señor Oboe, y va MUY ARREGLADO (no como yo).

«Llegas muy justito, Tom. ¿Qué te ha pasado?», me pregunta.

«He tenido un problemilla con un paquete de harina».

«Pues más vale que entres y te limpies un poco», me dice.

Cuando me miro al espejo, no tengo TAN mala pinta. Me sacudo un poco la harina y CORRO a clase para no llegar tarde. El señor Fullerman también está muy elegante hoy. Incluso lleva...

¿UNA PAJARITA?

«Corre a sentarte, Tom. Casi llegas TARDE».

«Lo siento», digo, mientras me salen nubes de harina de los zapatos.

AMY me mira y me pregunta:

«¿Qué te ha pasado?».

«Es una historia muy larga».

(Me da vergüenza contar lo que ha pasado, y además no quiero que June me oiga). Y ahora que me fijo..., ¡si no está! Su mesa también ha desaparecido.

«¿Dónde está June?», le pregunto a **AMY**.

«Se ha cambiado a la clase del señor Oboe, porque es más pequeña y tiene más amigos allí».

«¡Ya no volveré a oírle decir que los **DUDE 3** dan pena!», exclamo contento.

 El señor Fullerman anuncia:

 «Esta es una semana MUY ESPECIAL
y haremos un montón
de actividades nuevas».

(¡Viva!).

«Y también habrá inspección de uniformes».

(Ahora me está MIRANDO a mí).

«¿Os habéis acordado todos de traer
los ingredientes para la PIZZA?».

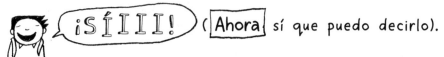 ¡SÍIII! (Ahora sí que puedo decirlo).

Tengo los ingredientes en la mochila. Me la quito
y la cuelgo en el respaldo de la silla.

De pronto noto un olorcillo RARO,
pero no sé de dónde viene.

Esta mañana tenemos ASAMBLEA, y el señor
Fullerman dice que haremos las pizzas a la vuelta.
(¡Qué ganas tengo!).

Como la mochila sigue húmeda por la lluvia, acerco la silla al radiador para que vaya secándose hasta que vuelva. (¿A que soy listo?).

Cuando salimos al pasillo, nos encontramos con el señor Keen (¡que va con TRAJE y CORBATA!).

Ahora que me fijo, TODOS los profes van más arreglados de lo normal. Armario (que en realidad se llama Armand y se ha sentado detrás de mí) dice: «Esta semana habrá una inspección del colegio. Por eso van todos tan ARREGLADOS». (Ahora lo entiendo).

El director nos dice: **«Buenos días, chicos y chicas. Como ya sabéis, esta semana tendremos aquí a los inspectores escolares. Por eso espero que mostréis unos uniformes impecables, PUNTUALIDAD Y UNA CONDUCTA EXCELENTE».** (Eso está hecho).

Mientras volvemos a clase, Norman intenta captar mi atención dando

SALTOS **y** **BOTES.**

¡Tom!

¡Tom!

Una **MIRADA** del señor Fullerman basta para que se pare en seco.

Armario me dice: «Los profes son más ESTRICTOS cuando hay inspección». Y nos espera **TODA** una SEMANA así. (Vaya lata).

El señor Fullerman nos hace ponernos en fila delante de la clase.

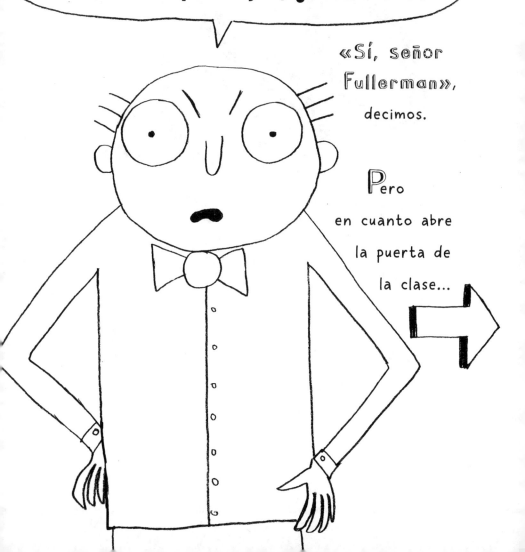

Escuchadme bien todos.
Quiero que os apliquéis
y os concentréis. Nada de charlar,
alborotar y dibujar, ¿está claro?

«Sí, señor Fullerman», decimos.

Pero en cuanto abre la puerta de la clase...

NOS LLEGA UN

OLOR INSOPORTABLE.

Toda la clase CHILLA y se pone en plan...

¡PuAAjjjjjj! ¡Buuuuuujjjj!

¡AAAAAJJJJJJJJ!

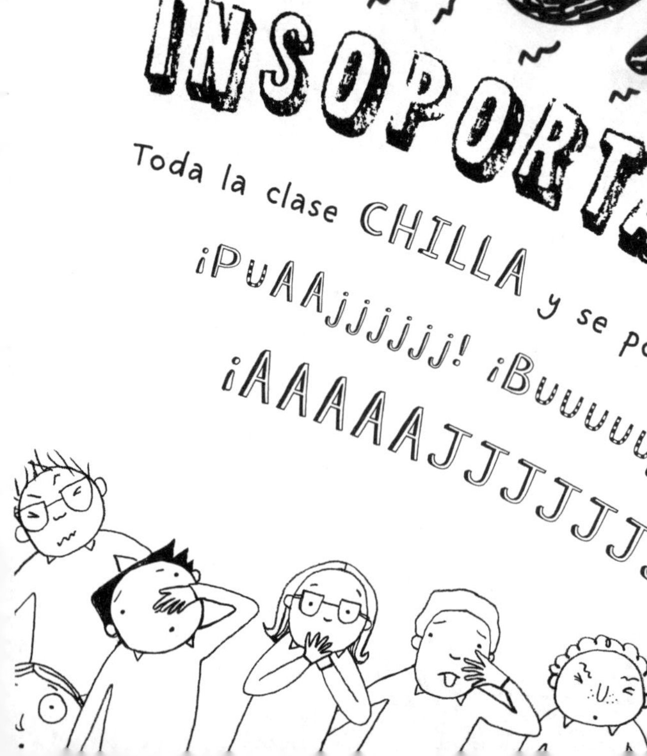

«¿De dónde sale esta PESTE?», le pregunto al profe.

«No lo sé, vamos a tener que abrir las ventanas».

Marcus se aprieta la barriga, como si tuviera arcadas.

«¡Qué asco!».

Algo de razón sí que tiene, y cuando me acerco a mi silla, ¡el OLOR se hace más fuerte!

Incluso con las ventanas abiertas, el pestazo es **HORRIBLE.**

Me siento y abro la mochila.

¡Y ENTONCES LA PESTE ES PEOR TODAVÍA!

Marcus me señala a **MÍ**:

«**¡Es Tooom!**».

¿QUÉEE?

No soy **YO**, es mi mochila..., creo.

El señor Fullerman nos dice:

«SENTAOS Y CALLAD, HACED EL FAVOR!».

Y justo al mismo tiempo aparece el INSPECTOR

ESCOLAR con su carpeta.

Por la cara que pone, está claro que también
ha notado el TUFO.

El profe mira en mi mochila y **arruga** la nariz...

**«Me parece que tu queso está
un poco PASADO, Tom».**

«Si lo he cogido de la nevera», replico.

El señor Fullerman vuelca TODO el queso sobre mi mesa. Marcus se *aparta* y exclama:

 «¡PUAJJJJJJ!».

(¡Será plasta!).

 **«¿Ibas a poner todo este queso en tu pizza, Tom?».**

«Bueno, no todo», le explico, tapándome la nariz.

«¿Y por qué has traído tanto?».

«Es que tenía prisa y no sabía cuál coger».

El profe me dice: **«No te preocupes por el queso. Ya me ocupo yo»,** y se lo lleva.

 Marcus no para de fingir **ARCADAS**. Cómo se pasa.

«Muy gracioso, Marcus. Ahora ya no huele nada».

(O casi nada).

AMY dice que me dará un trozo de queso para mi pizza porque yo me he quedado sin él. Es un detalle. ☺

¡Gracias, Amy!

Cuando vuelve el señor Fullerman, la peste ya no es tan fuerte y todos nos vamos calmando. Menos Marcus, que todavía se tapa la nariz y grita cada vez que me ve:

«¡PUAJJJJJJ, queso!».

«Me parto contigo, Marcus».

(Pero de pena, no de risa).

«Venga, chicos», dice el señor Fullerman.

«¿Preparamos esas PIZZAS o qué?».

Nos han dado a todos unas bases de pizza ya preparadas y un papel de horno para ponerlas encima. Como no tenemos horno en el aula, las llevaremos a la cocina del colegio y nos las comeremos en el almuerzo.

«¿Os habéis lavado todos las manos?

¿Os habéis puesto un delantal?»,

nos recuerda el señor Fullerman.

Y todos contestamos: «¡SÍIIIIII!».

Todos menos Norman, que ya se ha zampado

la mitad de su queso y tiene la boca llena.

Yo solo tengo que abrir (con cuidado) el tomate frito

con un abrelatas y echarlo en un cuenco.

Luego, **unto**

el tomate sobre la base de pizza.

Es muy fácil (para algunos

más que para otros).

manchurrones →

Después, rallo el queso

por encima del tomate...

¡y listo!

¡GENIAL!

Mi pizza es una obra de arte y...

... no tiene **nada que ver** con las que prepara la abuela.

¿Pizza de gelatina?

Mientras estaba en clase, el inspector escolar ha tomado un **MONTÓN** de notas. Ahora que se ha ido, empiezo a **mirar** todas las PIZZAS que hay y me entra **hambre**. (SUERTE que siempre tengo «picoteo de reserva»).

Abro mi estuche, que tiene un compartimento secreto lleno de chocopasas, y les sacudo las virutas de lápiz que se han pegado al chocolate.

Estoy echando disimuladamente algunas chocopasas sobre la mesa cuando **AMY** me habla y doy un BOTE.

«¿Ya has terminado, Tom?».

«Sí, la mía ya está lista», le digo, enseñándole mi obra de arte. Pero cuando me doy la vuelta para comerme las chocopasas...

¡ya NO ESTÁN!

«¿Dónde se han metido?». Miro a mi alrededor y de repente las **VEO** en la **PIZZA** de Marcus. «¿Qué haces, Marcus?», le pregunto.

«¿Tú qué crees? Estoy poniendo ACEITUNAS en mi pizza», me dice, molesto.

«Marcus, ¿no ves que NO son aceitunas?», le digo.

«Lo único que veo es que MI pizza será la MEJOR», contesta en plan chulito.

«¡Pero, Marcus! Si son MIS...».

«Mala suerte, Tom, porque ahora están en MI pizza».

(Que conste que he INTENTADO avisarle).

El señor Fullerman nos manda callar y dice:

«Para saber de quién es cada pizza, escribid vuestro nombre en el papel de horno. Lo habéis hecho muy bien, tienen una pinta deliciosa».

(Algunas más que otras...).

Escribo mi nombre para que se vea bien.

Hay una pizza que no quiero comerme por error.

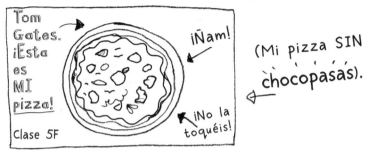

Tom Gates. ¡Esta es MI pizza!

Clase 5F

¡Ñam!

¡No la toquéis!

(Mi pizza SIN chocopasás).

Cuando suena el timbre, salgo al patio, busco a Derek y le hablo de:

1. El desastre con el queso apestoso. (¡Tierra, trágame!).

2. La canción que deberíamos tocar en la AUDICIÓN del CONCURSO DE ROCK. ¡Tenemos que decidirnos ya!

Marcus pasa por nuestro lado y exclama OTRA VEZ:

 «¡PUAjjjjjjjjj, queso!».

¡Qué PLASTA!

¡PUAjjjjjj, queso!

Mientras decidimos pasar de Marcus, llega Norman y se pone a olisquear el aire.

¡**Q**ué olfato! ¡Sí! que está llegando un olorcillo muy rico ☺ desde la cocina! Seguimos el olor y ESPIAMOS ⊙ ⊙ por el cristal, buscando nuestras pizzas.

No vemos nada. **Pero** el olorcillo me ha dado más hambre. Derek dice: «Qué pena que yo no tenga pizza».

«**L**a mía estará **DELICIOSA**», asegura Marcus.

chocopasas quemadas

«Quizá...», digo yo (pero pienso «quizá **NO**»). Le digo a Derek que le daré una parte de mi pizza. ☺

De pronto, tengo una idea para el corto que hará su clase. «¿Y si... resulta que los inspectores escolares son alienígenas disfrazados?

Y que su plan es **invadir** el colegio...

¡... y después el mundo!».

«¡Buena idea!», exclama Derek.

Y sigo...

«Y si llegas tarde a clase, ¡ZAP!

te fulminan con un rayo».

(Hago ruido como de rayos).

«El inspector que ha venido a nuestra clase
tiene **toda** la pinta de ser un ALIENÍGENA».

(Ahora hago que soy un alienígena

y todos se parten de la risa). ¡Ja! ¡Ja!

«Soy un **inspectooor alienígenaaa**.

Soy un **inspectooor alienígenaaa**».

Y empiezo otra vez:

«Soy un **inspectooor alienígenaaa**. SOY UN...».

No termino la frase porque el inspector

la termina por mí...

¿... GRACIOSILLO?
¡Hala, volved a clase!

(¡Qué mala suerte!).

Genial. Ahora tendré que mirar siempre hacia atrás por si hay algún inspector *espiándome*. (Grrr).

Vuelvo a clase (rápidamente) cuando veo que **AMY** y Florence también han notado el olorcillo *rico*.

«¡Seguro que son nuestras pizzas!», les digo.

AMY me pregunta: «¿Y por qué no estáis ensayando en el aula de música?».

«¿Para qué?».

«¿No queríais ir a las pruebas del **CONCURSO DE ROCK**?».

«¡Sí, pero todavía falta **un montón** de tiempo!», contesto.

Y Florence salta: «En la clase de sexto hay otro grupo de chicos que también se van a presentar, y no paran de ensayar».

«Ah, ¿sí?».

«El señor Oboe les deja el aula».

 «¿En serio?».

«¡Y dicen que son LA CAÑA!».

«Los **LOBOZOMBIS** también. Vamos muy bien.

Tenemos algunas ideas para la audición»,

digo muy convencido.

(Es más o menos verdad).

Cuando vamos hacia la clase, Marcus vuelve a gritar:

«*PUAAAAJJJJ, queso!*».

¡QUÉ PLASTA!

Como lo haga una vez más, pienso decirle que

las chocopasas de su pizza son BICHOS.

(También podría decírselo de todas formas).

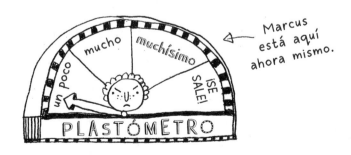

Marcus está aquí ahora mismo.

PLASTÓMETRO

un poco · mucho · muchísimo · ¡SE SALE!

Cuando entro en clase, el señor Fullerman se señala el reloj. **«¡Daos prisa! ¡No queremos**

que el inspector escolar se crea que siempre llegas tarde!».

⟶ La BuENA NOTICIA

es que hay cosas para dibujar // por todas partes. ¡Viva, es lo que más me gusta! Tenemos que diseñar y decorar unos manteles para las pizzas.

«También podréis hacer figuritas decorativas en grupo. ¡Habrá premio para la creación más original!», nos dice el profe.

(¡Me encantan los premios!).

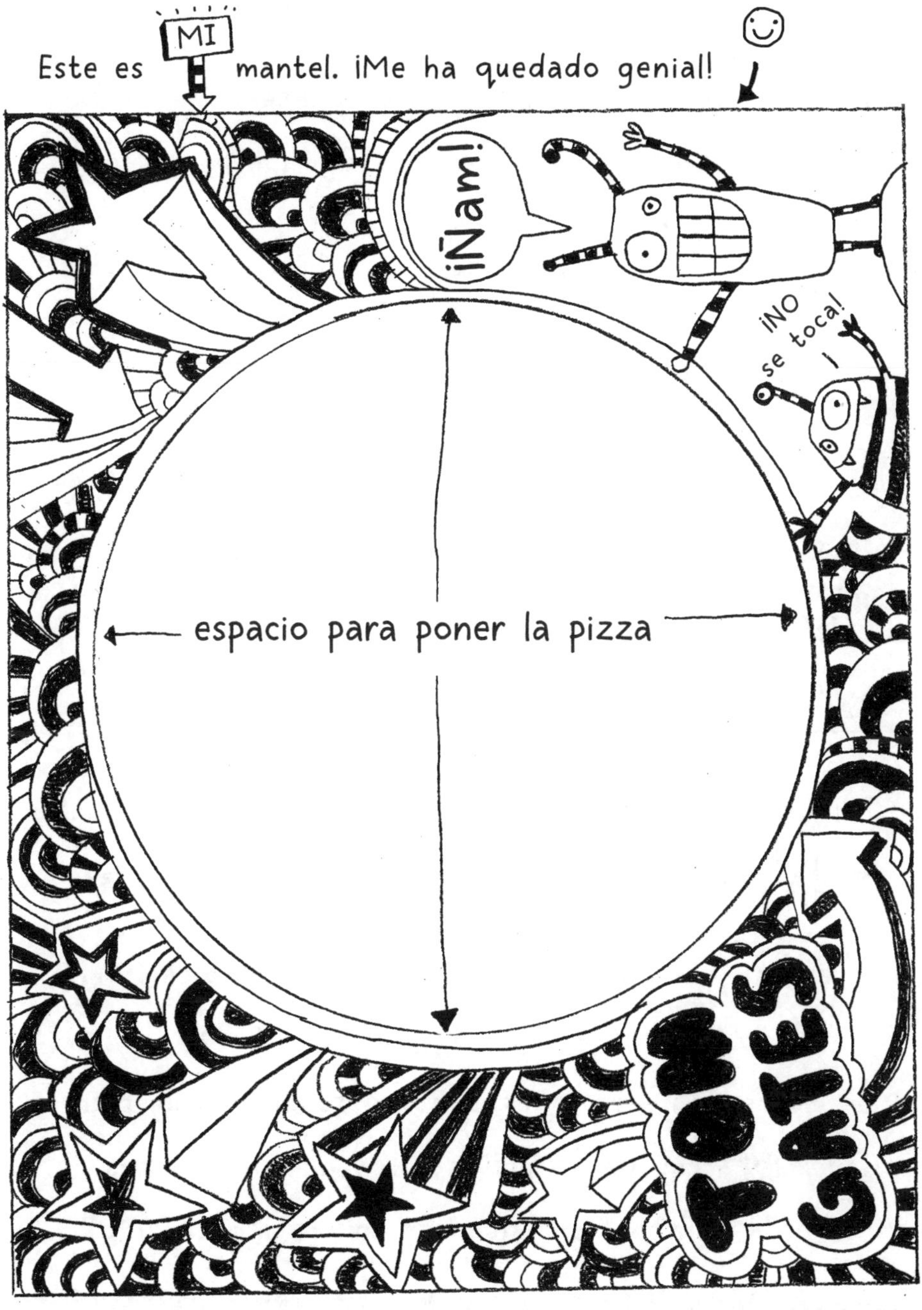
Este es MI mantel. ¡Me ha quedado genial!
¡Ñam!
¡NO se toca!
espacio para poner la pizza
TOM GATES

Ahora que he terminado con el mantel,

debería ⟨pensar⟩ 😊 en una figurita para decorar

la | mesa | con *este* → ⟨trozo de plastilina.⟩

(Ya tengo algunas ideas). Marcus ha dibujado

su propia cara 😠 en el mantel.

«Así, nadie

se comerá mi pizza», me dice.

😊 Nadie se la querrá comer, Marcus.

(Y menos con las chocopasas ⚫ chamuscadas).

Pero no le digo nada... AÚN. Prefiero empezar a hacer

mi **MONSTRUO** de plastilina. 👾

«Te está quedando muy bien, Tom», me dice AMY.

«¿Quieres que le haga un soporte?».

Es muy buena idea, porque no se sostiene muy bien.

😠 Marcus ve lo que estamos haciendo y nos

recuerda: «Esto tiene que ser un trabajo en GRUPO.

¿Qué hago yo?». Yo suspiro...

... y le propongo a Marcus que se haga otro RETRATO. «Pero con piernas, no solo la CABEZA. Y que sea ASÍ DE GRANDE, para que podamos recortarlo. ¿Sabrás hacerlo?».

«Pues claro. No soy idiota».

(Yo me callo).

Marcus hace el dibujo y me lo da. «Y ahora, ¿qué vas a hacer con esto?», quiere saber. Como todavía no he terminado mi monstruo, le digo:

«Ya lo verás... Valdrá la pena».

«Eso espero, si queremos ganar el premio».

¡Hala, ya está!

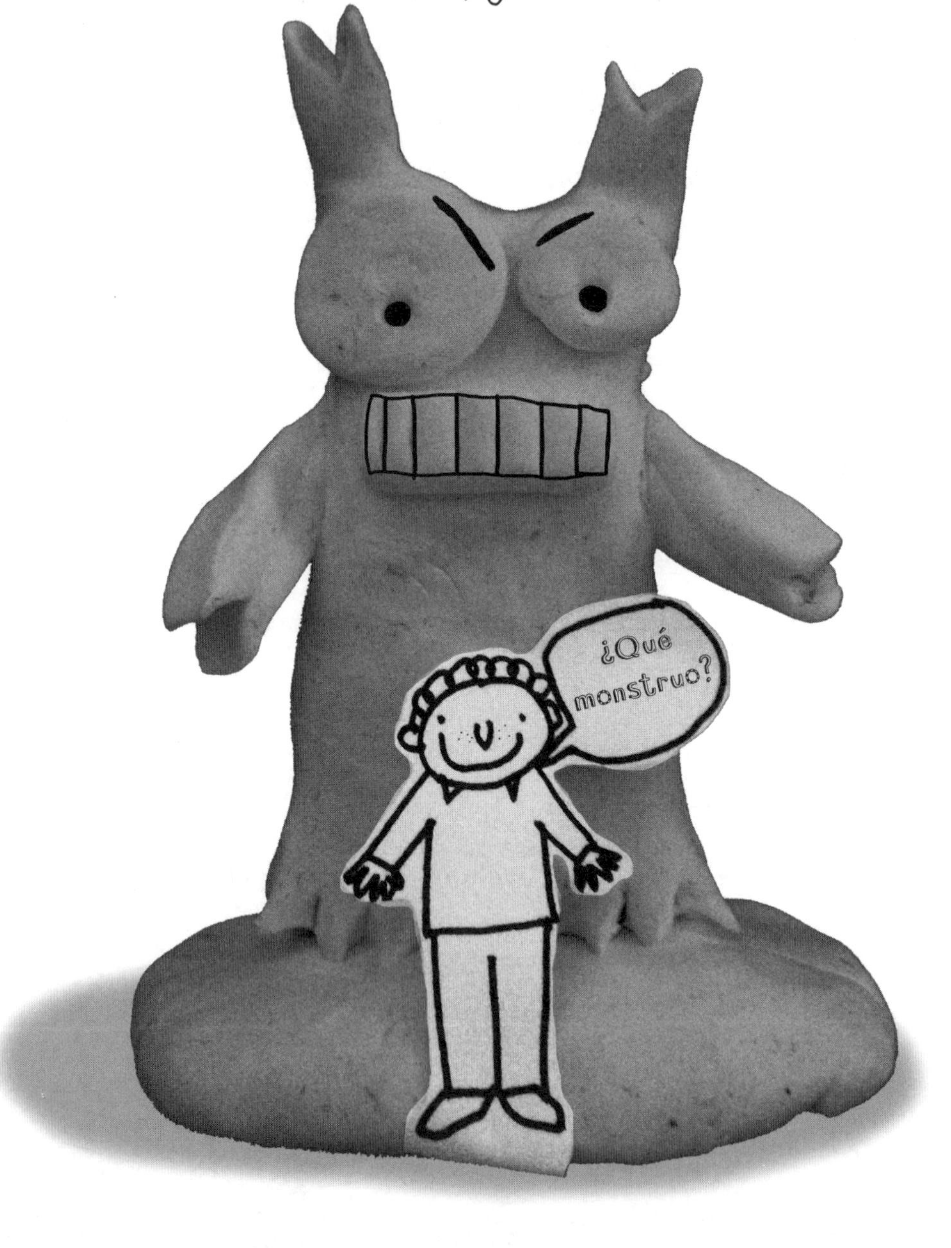
¿Qué monstruo?

Ahora Marcus se **QUEJA** porque no quiere
que se lo coma el MONSTRUO.

«¿Por qué tengo que ser yo?».

«Pero ha quedado muy bien, ¿no te parece?».

«Pues AHORA te dibujaré yo a TI, Tom», me dice.

Entonces llega el profe y nos FELICITA

por haber hecho

«una decoración fantástica.

¿Quién ha tenido la idea de combinar

una figura y un dibujo?».

Antes de que yo pueda abrir la boca, Marcus salta:

«¡Yo! Y el dibujo también lo he hecho yo».

(Típico..., hasta **AMY** ha hecho una mueca).

«¿Pero tú no querías cambiarlo, Marcus?»,

le recuerdo.

«Ya no».

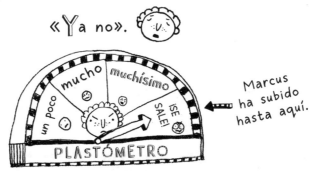

un poco · mucho · muchísimo · ¡SE SALE!

PLASTÓMETRO

Marcus
ha subido
hasta aquí.

Mientras Marcus [sigue] en plan CHULITO, me meto

una tiza 🖊 en el bolsillo para usarla en el próximo

recreo. (La tiza es ideal para dibujar

en el suelo). CHULITO

Como lo hemos acabado **todo** bastante antes

de lo que esperaba el profe, nos pregunta sobre

los DIARIOS DE LECTURA. **«Espero que todos tengáis**

vuestros diarios de lectura al día».

Yo le digo que (Sí, claro), pero la verdad es

que no. Luego, nos propone leernos un cuento,

para variar.

«¿Os apetece?», nos pregunta.

Todos coreamos «SÍIIII» con todas

nuestras fuerzas, mientras Norman da botes

en su silla. Por fin nos callamos y escuchamos.

El señor Fullerman nos enseña el libro que nos va

a leer, que parece interesante. Al profe se le da

muy bien hacer todas las voces.

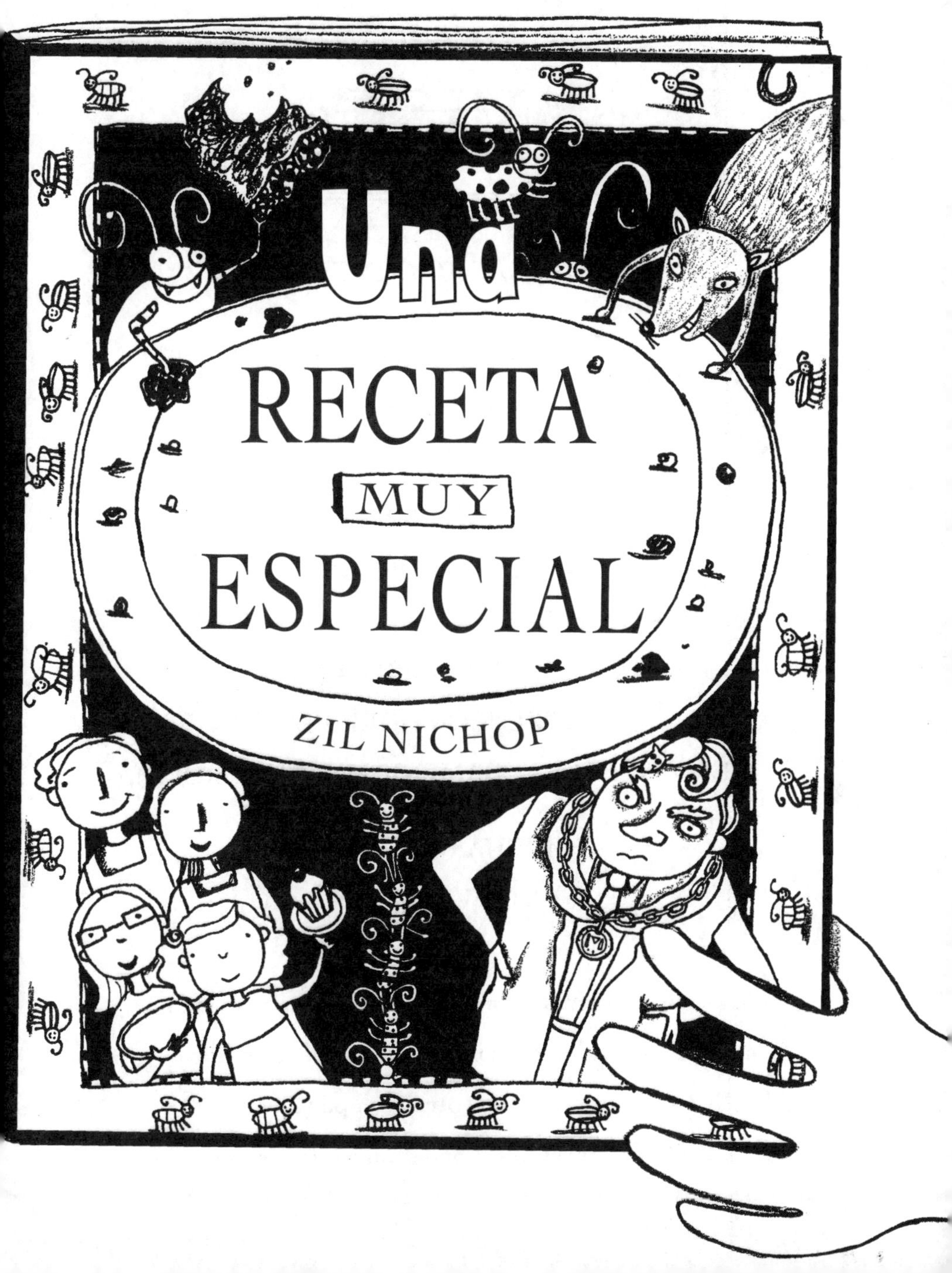
Una
RECETA
MUY
ESPECIAL
ZIL NICHOP

AVISO:

ESTE CUENTO CONTIENE:

CUCARACHAS

OTROS BICHOS

RATAS

RATONES

UN PELUCÓN HORRIBLE

GENTE HORRIBLE CON UN PELUCÓN HORRIBLE

UNA ARDILLA DISFRAZADA

DE PELUCÓN HORRIBLE

(PERO NO NECESARIAMENTE EN ESTE ORDEN).

Y MUCHAS MÁS COSAS

EXTRAVAGANTES.

Si tenéis un carácter impresionable o un estómago más bien delicado, os aconsejo que dejéis este libro ENSEGUIDA y busquéis otra cosa para leer.

… O que aprendáis a hacer punto (o las dos cosas).

Porque ciertas partes de este cuento os darán ganas de ir corriendo a por un CUBO. Y no diré NADA sobre el final de esta historia, ¡porque solo de PENSARLO me pongo fatal!

¿TODAVÍA ESTÁIS AQUÍ?

¡Luego no digáis que no os he avisado!

¡MIRAD!

Aquí tenéis uno de estos bichos tan feos.

(¡Ya os he dicho que eran repugnantes!).

babas

CAPÍTULO 1

En lo más oscuro de la noche, una pequeña cucaracha 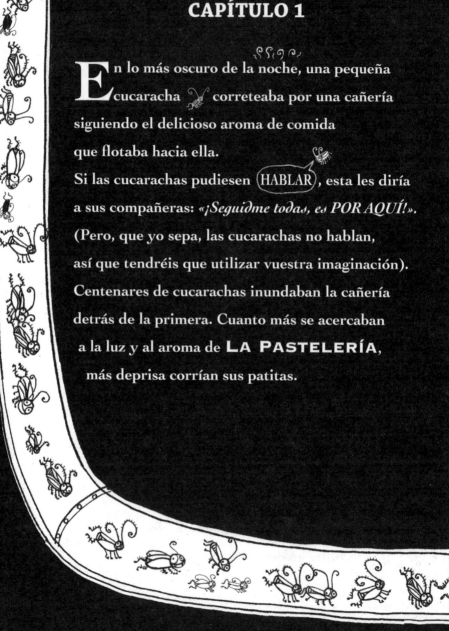 correteaba por una cañería siguiendo el delicioso aroma de comida que flotaba hacia ella.

Si las cucarachas pudiesen (HABLAR), esta les diría a sus compañeras: «*¡Seguidme todas, es POR AQUÍ!*».

(Pero, que yo sepa, las cucarachas no hablan, así que tendréis que utilizar vuestra imaginación).

Centenares de cucarachas inundaban la cañería detrás de la primera. Cuanto más se acercaban a la luz y al aroma de **LA PASTELERÍA**, más deprisa corrían sus patitas.

Las cucarachas empezaron a brotar por
la rejilla abierta y a caer al suelo como una

EXPLOSIÓN

de bichos que se dispersó en todas direcciones
para EXPLORAR su nuevo hogar. Corrían por
las estanterías, trepaban por las paredes
y pululaban por las mesas. Aquello estaba a punto
de convertirse en el festín DE CUCARACHAS
más grande de la HISTORIA.

«¡Yujuuu, este sitio es PERFECTO!»,
decían las cucarachas.

«¡Qué SUERTE hemos tenido!».

(O eso DIRÍAN si pudiesen hablar).

¡Vivaa!

¡Ya voy!

LA **PASTELERÍA** estaba repleta
de magdalenas, galletas, panes, bollos, bizcochos
y milhojas de chocolate, todo recién horneado.
En las vitrinas de cristal había montañas de tortas,
pastelitos y pastas. Pero la puerta corredera estaba
cerrada (al menos, por el momento). La inmensa oleada
de cucarachas hurgaba desesperadamente buscando
una forma de entrar.

Cuando llegaron las ratas y los ratones, sabían
perfectamente lo que tenían que hacer: con unos
empujones por aquí y unos tirones por allá, las puertas
de cristal acabaron cediendo. Una alfombra de bichos
cubrió rápidamente los deliciosos bollos para morder
y DEVORAR todo lo que pillaban. En un abrir
y cerrar de ojos, **LA PASTELERÍA** entera quedó
invadida de animalejos que picoteaban y mordían
sin descanso. No pararon hasta que salió el sol, y para
entonces ya no había ni un bollo sin roer, mordisquear,
pisotear, desmigar y cosas aún peores.

Si las cucarachas pudieran hablar, dirían:
«¡He comido TANTO que no me cabe ni una migaja más!».
O bien: *«Ha sido un festín ESTUPENDO, ¿verdad?»*.
Pero, como decía antes, no pueden hablar, así que
tendréis que seguir usando la imaginación.

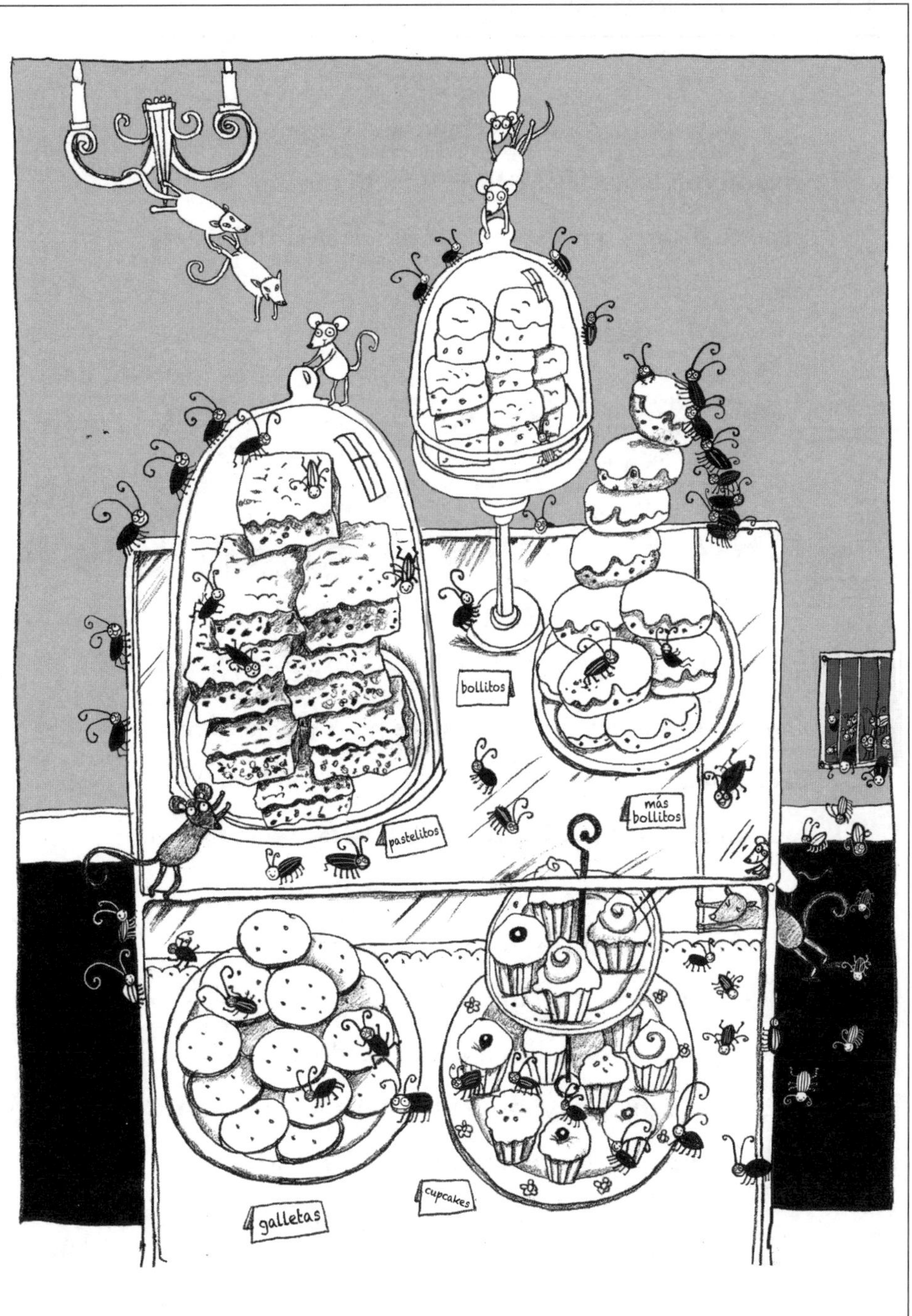
bollitos
más bollitos
pastelitos
cupcakes
galletas

Aquel día, María y Magdalena Integral
decidieron bajar TEMPRANO a la tienda,
pero lo último que esperaban ver al abrir la puerta
era...

ESTO...

¡Oh, no!

LA PASTELERÍA se encontraba en
un estado lamentable. ¡Todo estaba PATAS ARRIBA!
Las niñas llamaron a sus padres para que acudieran
enseguida.

«**¡MIRAD LO QUE HA PASADO!**», exclamaron.

¡Y esa misma tarde tenían que venir
los inspectores sanitarios y el alcalde!

«**¿Y qué vamos a hacer ahora?**», preguntó María,
mirando todos los bollos mordisqueados a su alrededor.

«**No te preocupes, verás cómo a papá y mamá
se les ocurre algo**», la tranquilizó Magdalena.

(¿Y QUÉ se les ocurrió? ¡Para saberlo, tendréis
que seguir leyendo!).

El señor Fullerman cierra el  libro con un *CLOC* y dice: **«Bueno, ¿quién tiene ganas de ir a comer?».**

¡Yo quiero saber qué pasa después!

«¡OOOOoooooooooohhhhhhhhhh!»,

exclama toda la clase.

«Ya leeremos otro trozo luego. Ahora, os esperan las deliciosas pizzas. ¿O es que no tenéis hambre?».

(Yo, sí).

 Julia levanta la mano y dice:

«Señor Fullerman, a mí ese cuento me ha QUITADO el hambre».

Es la única a la que le ha dado asco lo de los bichos, porque enseguida se organiza una ¿CARRERA para llegar primeros a la cola del comedor.

La señora Mega quiere que vayamos más despacio. ¡Comportaos!, nos regaña, y moviendo solo los labios añade:

INSPECTORES para que no olvidemos que nos están vigilando. Yo esperaba llegar más cerca del principio de la cola, pero resulta que Armario, Norman y yo estamos casi en el final (aunque hemos corrido hasta aquí). Eso me da mucha RABIA, sobre todo con el hambre que tengo. Y lo que MÁS RABIA me da es que Marcus haya conseguido colarse hasta el principio.

Armario se pregunta: ¿Cómo lo ha hecho?

Creo que ya sé cómo.

«Seguidme», digo. Nos escapamos por una escalera diferente que va a parar a otra puerta... y casi al principio de la cola. Espero a que la señora Mega se despiste y entonces nos metemos en la fila.

La señora Mega está distraída enseñando a uno
de los inspectores dónde tiene que sentarse.

Yo le susurro a Armario: «Ese me ha pillado
imitándolo como si fuera un alienígena».

Todos fingimos que estábamos delante de la cola
TODO el tiempo y que no hemos cogido ningún
atajo.

(inocentes)

Cuando Marcus ve dónde estamos,
ya no le da tiempo a **QUEJARSE**. ¿Eh?
La señora Mega dice que ya podemos sentarnos.
(¡Tooooma!). Me voy **directamente** a la mesa
que tiene nuestra figurita.

Mi pizza está encima del mantel que he hecho,
y cada uno tiene también la suya. ¡Es un **BANQUETE**
de PIZZAS!

mi pizza

¡Y lo mejor de todo es que mi pizza está riquísima!
Estoy muy contento... hasta que Marcus
vuelve con su bromita
ESTÚPIDA:

¡PUAJjjjjjjjjjjj, queso!

(¡Ya no aguanto más!).

Me quedo mirando su PIZZA y le digo:

¡OYE!

«Marcus, tú sabes que
lo de tu pizza no son
ACEITUNAS, ¿verdad?».

Y él: «Sí que lo son, las he puesto yo mismo».

Entonces Pansy (que está sentada
a su lado) se inclina hacia él y le dice: «A mí
no me parecen aceitunas. No sé qué serán». (Yo sí).
«¿Bueno, y a qué saben?», le pregunto a Marcus.
Él da un buen mordisco y dice:

«Tienen un sabor...

127

¡... ríquísimo! ¡Ñam!».

(Ahora finge que le gustan las chocopasas **QUEMADAS** de su pizza).

«¿Quién habría dicho que una pizza con MOSCAS estaría **tan** rica, verdad, Marcus?», le digo.

«Muy gracioso, Tom. No pienso picar», replica.

Pansy vuelve a mirar la pizza. «¿Estás comiendo moscas?».

«Él no se lo cree, pero se ven hasta las patas», digo.

Marcus está empezando a preguntarse si tendré razón. Toca una de las pasas y luego la coge con la punta de los dedos para mirarla de cerca.

¡PUAjjjjjjjjjjjjj, moscas!

le digo (para que se entere).

Marcus acerca la pasa a la nariz de Pansy...

«¿Lo ves? NO es una MOSCA».

Pero ella SE APARTA

por si acaso. Julia, que tiene

una jarra en las manos, oye la palabra «MOSCA»

y se da la vuelta tan RÁPIDO que se le cae toda

el agua encima de la mesa. Y al chico

de su lado se le cae la pizza

al suelo.

La señora Mega oye un grito: ¡AJJ!

y llega corriendo para ver qué pasa.

«No gritéis», nos RIÑE, y justo entonces pisa

la pizza y CHILLA:

¡AJJJJ!

... al **RESBALAR**

por el suelo. Para no caerse, se agarra

a la mesa, que empieza a

sacudirse tanto que

un plato de gelatina

se tambalea en el borde

y cae sobre los pantalones de...

¿lo adivináis?

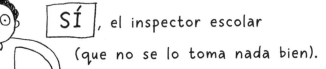

SÍ , el inspector escolar

(que no se lo toma nada bien).

Yo no soy el único que se ríe, pero por algún motivo me mira a mí... ¡como si fuese culpa mía!

Me callo de golpe.

(Otra nota negativa sobre mí en su informe escolar... Glups).

¡POR SUERTE, Stan (el conserje) llega

justo a tiempo y limpia el desbarajuste con

su mopa. No sé cómo irá la inspección de nuestro

colegio, pero yo diría que este inspector

nos ha colocado más o menos

AQUÍ:

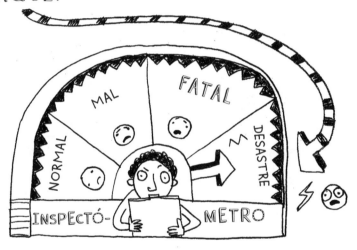

Tendré que intentar no TOPARME

más con este inspector. Si no, podría acabar

haciendo un informe como ESTE:

INFORME DE INSPECCIÓN
DEL COLEGIO

Esta escuela podría haber superado la inspección
de no ser por **UN** alumno llamado TOM GATES,
que ha conseguido bajar la puntuación TOTAL
con su conducta LAMENTABLE.
Es una pena.

Impuntualidad suspenso

Accidentes en el comedor suspenso

Descontrol en la cola suspenso

Caricaturas
de los inspectores suspenso

Me acabo mi deliciosa pizza mientras veo

a Marcus sacar las chocopasas quemadas

de la suya.

Cuando salgo del comedor, todavía está IGUAL, y yo le digo: ¡PUAjjjjjjjjjj, MOSCAS! mientras paso por su lado... Se nota que todavía no sabe lo que son.

Paso el resto del descanso con Armario y Derek, que nos explica qué tal va la peli de su clase.

«Bastante bien. Hacemos como que los PROFES están poseídos por unos ALIENÍGENAS que llegan a la Tierra haciéndose pasar por PLANTAS».

Suena ALUCINANTE.

«¡Y la señora Worthington es una ALIENÍGENA genial!».

(¡ESO sí que tengo que verlo!).

Soy una ALIENÍGENA.

Les cuento a Derek y a Armario que **NO PARÓ**
de **ver** al mismo inspector escolar todo el rato.
«¿A cuál?», me pregunta Derek.

«Al que estaba en el comedor».

«¿Uno con bigote?».

«No, era ESTE». Cojo la tiza
que me he guardado antes y hago
un retrato en el suelo.

«Es uno que tiene un **pelo**
como RARO. ¿Sabéis ya quién es?».

Y entonces me acuerdo de mi
CORDEL de emergencia y lo uso también.

pelo raro

cordel

«AHORA sí que sabéis quién es, ¿no?», digo.

Armario ya le ha reconocido, pero Derek todavía no cae.

«Es ese que siempre está mirando su carpeta.

Al que le ha caído gelatina encima y tiene el pelo...

ABOLLADO, como este», le explico

 señalando el cordel,

cuando una voz dice detrás de mí:

«Jamás habría dicho que mi pelo

está ABOLLADO».

(OTRA VEZ, ¡NO!).

Es el mismo inspector. «Qué mala suerte, Tom»,

me susurra Derek.

(Otra cosa para añadir en su informe escolar).

Recojo el cordel y les digo a unos de primero

que me están mirando: «Esto que parece un simple

cordel podría ser una cometa».

Pero no les impresiona nada.

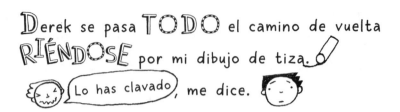

Derek se pasa TODO el camino de vuelta RIÉNDOSE por mi dibujo de tiza.

Lo has clavado, me dice.

Luego propone: «¿Y si te vienes a casa? Tengo una canción NUEVA para el grupo».

Eso suena GENIAL.

«Además, así podrás ver las barreras para gatos que ha hecho mi padre».

(¿Barreras para gatos? Eso también promete).

«El GATO de June siempre se mete en el garaje y se echa a dormir ZZZZZZZZ encima de la colección de discos de mi padre... ¡Y eso le saca de QUICIO!».

rrron rrrron

DISCOS

Al padre de Derek ➡ le gusta venir a ver nuestros ensayos. Y nos da «consejillos» para actuar y tocar.

Y eso a Derek le gusta... cero. Grrr. ¡Ya estoy aquí!

Antes de nada corro a casa para avisar a mi padre de que ya he vuelto. (Y también a ver si hay alguna cosilla para picar. Humm... nada).

Ya en casa de Derek, veo en qué consisten las

BARRERAS PARA GATOS.

¡ESTÁN POR TODOS LADOS!

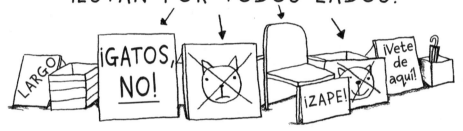

«¿Y funcionan?», le pregunto a Derek.

«No mucho». Entonces, antes de que me enseñe su canción nueva, le pregunto:

«¿De qué trata?».

Y él contesta: De gatos.

«No, en serio, ¿de qué va la canción?».

De gatos. Bueno, de un gato.

(Entonces es en serio que va de un gato).

¡Soy silencioso como un ratón,

las casas de los demás son mi mansión.

Cualquier sitio me vale, no soy exigente,

solo quiero comida y un rincón caliente.

Sin hacer ruido salgo a pasear

¡y tus flores voy a pisotear!

Tu pared saltaré,

tu césped arrancaré.

De noche juego a ser espía

y luego duermo todo el día.

¿Has encontrado PELOS de gato?

¡En tu casa he pasado un rato!

¡Miauuu!

Soy un gato peludo y curioso.

Me gusta la 🍼 leche, soy muy goloso.

Si me tratas bien, me pondré a RONRONEAR.

Pero si no..., iré a tu puerta a MAULLAR.

Soy un gato, soy un gato...

(estribillo)

Seré tu amigo toda la vida

siempre que me des comida.

Pero si el pienso se acaba

SALDRÉ pitando como una *bala*.

Si no vengo a dormir,

no sufras por mí...

No me he perdido,

¡me ha adoptado el vecino!

PERDIDO

El padre de Derek aparece de repente y empieza a dar palmadas y botes. Al principio creemos que le ha gustado la canción...

Pero resulta que el gato de June ha atravesado las barreras, ¡y el padre de Derek lo está ESPANTANDO!

ZAAAPE
ZAAAPE

¡GATOS, NO!

Mientras el hombre lo persigue hasta la verja del jardín, le comento a Derek que **me encanta** su canción y que me la aprenderé si me hace una copia. Cuando su padre vuelve, nos dice:

«¡Qué **MORRO** tiene ese gato! ¿Por qué no se entera de que aquí **NO** lo queremos?».

«Los gatos no saben leer carteles, papá», le explica Derek. (Lógico).

«Pues aquí ya no volverá más», dice su padre, muy seguro.

Pero sí que vuelve, y esa misma noche.

A la mañana siguiente, por culpa de los maullidos del gato de June, me caigo de sueño. Y todavía tengo la ♪ CANCIÓN ♪ de Derek en la CABEZA.

Soy un gato, soy un gato...

¡Y no puedo parar de cantarla! ♫

«Soy un gato ♫, soy un gato...».

«Y también cantas como un gato...».

(Delia ya se ha levantado... Grrr).

«Perdona, Tom, lo retiro», añade. (Qué raro).

«¡Un gato canta MUCHO mejor que tú!».

«Buenos días, Delia. ¿Qué, sigues castigada?», le recuerdo (por meterse conmigo).

«Te alegrará saber que ya no».

Pues sí que me alegro. Así no estará en casa chinchándome.

Cuando bajo a la cocina, veo que mamá ya se ha ido al trabajo. Espero que me haya dejado mucha comidita rica. Así no tendré que aparecer por el comedor escolar hasta que se hayan ido TODOS los inspectores.

En la nevera hay una nota que promete.

TOM, tu almuerzo está en la nevera. Bss

¡VIVA! ¡EL ALMUERZO!

Almuerzo X

Ojalá haya alguna sorpresa dentro. Echo un vistacillo..., pero no hay NÁDÁ. Decido hacer una pasada rápida por los sitios donde mi madre suele esconder cosas ricas.

¿La tetera? No. ¿Detrás de las latas? No. El último sitio donde miro es precisamente en la lata de las galletas. ¡Y dentro hay una DE CARAMELO! Es la mejor forma de empezar el día.

¡TOOOMA!

Derek me está esperando fuera. Hola, Tom.

«¿Sabes qué?», le digo.

 «¿Qué?»

«Que hoy tengo una GALLETA DE CARAMELO».

¡Solo con decir las palabras «GALLETA DE CARAMELO» ya me dan ganas de comérmela!

Mientras vamos hacia el cole, cojo la galleta

y la miro.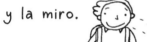

«¿Y si nos la comemos AHORA?», le digo

a mi amigo.

«¿No es tu postre?», me pregunta.

«Sí, pero no puedo esperar». Entonces abro

el envoltorio y parto la galleta en dos.

Le doy un trozo a Derek y me quedo el otro.

 mmmmmmm

mmmmmmm mmmmmm...

Para que la galleta me dure más, separo las capas y me como primero el relleno, que es de chocolate.

«Lo hago con todas las galletas rellenas», le explico a Derek.

De pronto, me pregunta: «¿Seguro que no llegamos TARDE?».

La verdad es que está todo muy tranquilo.

«No, no llegamos tarde», le contesto sin dudarlo.

«Tenemos un MONTÓN de tiempo».

Ñam, ñam.

«¡LLEGAS TARDE, TOM!»,

me dice el señor **F**ullerman cuando entro 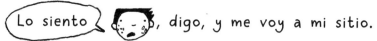*corriendo*

en clase.

Lo siento , digo, y me voy a mi sitio.

AMY me mira y hace una mueca. «¿Qué has comido,

Tom? Estás lleno de migas».

(Será la galleta de caramelo).

Marcus también se me queda mirando y exclama:

«¡PUAJJJJJ!».

Pero yo, ni caso.

Si estuviera en mi casa,

cogería todas las migas y me las comería.

Pero delante de **AMY**, Marcus y el profe,
solo puedo sacudírmelas y dejarlas caer por mi mesa.
Casi sin darme cuenta, empiezo a mover las migas
con los dedos... y escribo mi nombre.

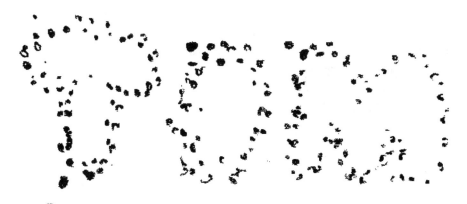

 «Eso es asqueroso, Tom», me dice **AMY**.

«PUAjjjjj».

(¡Bueno, tampoco me las iba a comer!).

No es un comienzo IDEAL,

PERO el día va mejorando (un poquitín).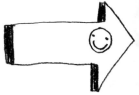

1. ⭐A̲C̲I̲E̲R̲T̲O̲⭐ las **DOS** preguntas del **control** de *mates*. (Marcus acierta UNA... y falla la otra).

2. Consigo esquivar a los inspectores escolares

TODO el día.

(Era como una misión).

3. A la hora del almuerzo descubro que barrita mi madre me ha puesto una BARRITA DE CEREALES en la fiambrera. Hay SORPRESAS mejores, pero no me puedo quejar.

La clase de Derek ya ha terminado su peli de profes **ALIENÍGENAS**. Hacia el final de la clase de lengua con el señor Fullerman me pongo a (**pensar**) (y a dibujar). ¿Y si...

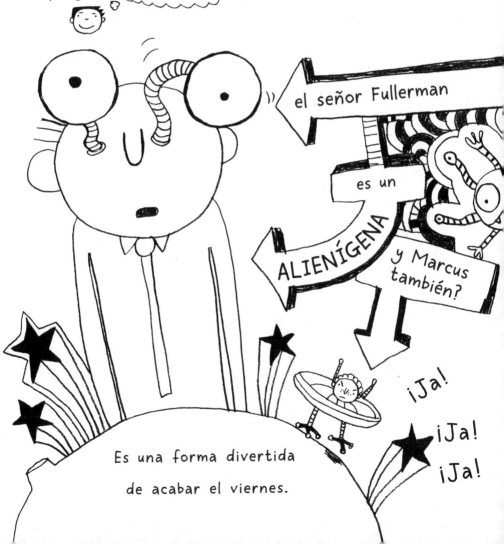

el señor Fullerman

es un

ALIENÍGENA

y Marcus también?

¡Ja!

¡Ja!

¡Ja!

Es una forma divertida de acabar el viernes.

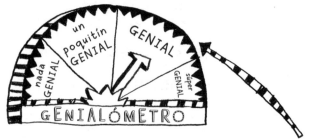

Si tuviera un genialómetro, yo estaría aquí
ahora mismo, porque he tenido
unos golpes de suerte geniales
(¡y eso no pasa SIEMPRE!).

El primer golpe de suerte ha sido
haberme despertado muy temprano.
Cuando he bajado a desayunar, he visto

una LISTA de cosas pendientes
pegada en la nevera.

ESTO es lo que había escrito arriba:

URGENTE
IR CON TOM A COMPRAR
UNOS ZAPATOS PRESENTABLES.

¿Qué? En MI LISTA de cosas pendientes NUNCA habría nada de ir a comprar zapatos presentables con mi madre. ☹

Pero, como he encontrado la lista antes que nadie, he podido cambiar algunas cosas. Por ejemplo, he borrado la parte de los zapatos presentables.

URGENTE
IR CON TOM A COMPRAR
UNOS ZAPATOS PRESENTABLES.
COMPRAR TAMBIÉN:
Dentífrico
Papel de plata
Champú
Folios
CREMA BRONCEADORA
(¡que sea potente!)
Detergente para la lavadora
Galletas sanas para Tom
Barritas de cereales
Manzanas

Y he añadido algunas cosillas EXTRA al final de la lista.

Aunque la lista ha quedado un poco sucia. Seguro que mamá se dará cuenta de algunos de los cambios.

URGENTE
IR CON TOM A COMPRAR
CHUCHES
COMPRAR TAMBIÉN:
Dentífrico
Papel de plata
Champú
Folios
CREMA BRONCEADORA
(¡que sea potente!)
Detergente para la lavadora
Galletas sanas para Tom
Barritas de cereales
Manzanas

Más chuches
(de cualquier tipo)

Al final, he decidido que lo  sería...

hacer una pelotilla con la lista...

y tirarla a la papelera.

(¡Y tocar madera para que mamá no la eche de menos!).

Pero lo **primero** que me dice cuando entra en la cocina es:

 «¿Dónde está la lista?».

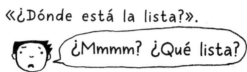 ¿Mmmm? ¿Qué lista?

Con esa respuesta dejo claro que **no** sé nada de la lista de mamá y que tengo la BOCA llena de cereales.

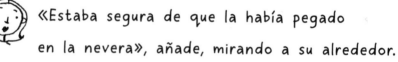 «Estaba segura de que la había pegado en la nevera», añade, mirando a su alrededor.

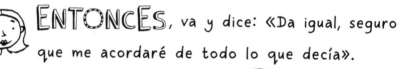 ENTONCES, va y dice: «Da igual, seguro que me acordaré de todo lo que decía».

(Oh, NO, con esto no contaba).

Intento cambiar de tema, como hace siempre papá 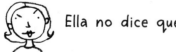, y pregunto a mamá si hoy pueden venir Derek y Norman para un ensayo de los **LOBOZOMBIS**.

Ella no dice que no. Me conformo con eso.

Así que CORRO a llamarlos para saber si están libres.

Derek contesta que mejor viene YA

porque su madre quiere que ordene

su cuarto.  Ordena tu cuarto.

«Si voy a tu casa, igual se le olvida», dice.

(Lo dudo mucho).

Norman todavía duerme. Ya le llamaré luego.

Vuelvo a la cocina y encuentro a mamá escribiendo

OTRA LISTA. No veo nada

de comprar zapatos

(¡qué alivio!).

Todo va genial... hasta que llega Derek

y tropieza

con MIS ZAPATOS VIEJOS.

 Anoche los dejé tirados.

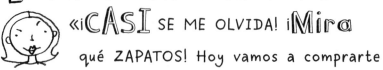

Eso REFRESCA la memoria de mamá.
«¡CASI SE ME OLVIDA! ¡Mira qué ZAPATOS! Hoy vamos a comprarte unos nuevos SIN FALTA, Tom», dice. Grrr...

«¿Y qué es eso blanco que tienen dentro? Parece harina. ¿Fuiste TÚ el que dejó toda la despensa perdida de harina, Tom?». (Me quedo callado y encojo los hombros). Derek me pide (perdón) en voz baja, pero no es culpa suya.

Le recuerdo a mi madre que no puedo ir a comprar zapatos porque Derek ha venido a casa.

 «Pues ya iremos más tarde», propone ella.

«Norman también va a venir a casa. De verdad que no puedo ir», insisto, porque parece que no se ha enterado.

(Su idea de unos zapatos presentables no es
la misma que la mía).

Le digo: «Mamá, es que tenemos un ENSAYO muy

IMPORTANTE y durará SIGLOS... ¿A que sí, Derek?».

 (Es verdad), dice él.

«Tenemos que ensayar MUCHO, ¿verdad, Derek?».

Y él dice: (Muchísimo.)

Entonces mi padre entra en la cocina para hacerse

un té, y detrás llega Delia (que pasa de mí,

y de todos los demás).

 Mamá todavía está paseando

mis zapatos. «NO PUEDES ir

al colegio con ellos, Tom. ¡Se caen a TROZOS!».

«Eso nos pasa un poco a todos», ríe papá.

«¡Habla por ti!». Mamá le fulmina

con la mirada, levantando una ceja.

Luego me mira y dice:

 «Bueno, pues ya te compraré yo misma
unos zapatos presentables y RESISTENTES».

Por suerte, se distrae cuando Delia deja el plato

y la taza en el fregadero, sin lavar.

«¿Llamamos a Norman?», le susurro a Derek.
Salimos de puntillas de la cocina, y esta vez
le pillamos despierto. Dice que viene enseguida.

¡Voy!

Derek está de buen humor, ¡sobre todo
porque se ha encontrado DINERO en el BOLSILLO!

«Vámonos a la tienda a comprar
algo RICO», propone, y me parece
una idea genial.

Aviso a mis padres de que nos vamos a la tienda, pero tan ═ *RÁPIDO* que no les doy tiempo a que me pidan que traiga  leche o algo por el estilo.

(Siempre me hacen lo mismo).

De camino a la tienda nos **TOPAMOS** de golpe con Norman. Aparece de un *SALTO* por detrás de una marquesina de autobús y nos grita:

¡QUE EMPIECE EL **CONCURSO DE ROCK**!

PARTICIPAD EN EL FESTIVAL SÚPER ROCK

¡Buuu!

¡Nos da UN SUSTO DE MUERTE!

Tardamos un rato en recuperarnos.

Norman tiene un libro del DOCTOR PLANETA, y le pregunto: «¿Ese libro da MIEDO?».

«No mucho, pero te REGALAN esto cuando lo compras...». Se da la vuelta y luego vuelve a girarse hacia nosotros con estos...

¡OJOS ADHESIVOS!

¡Ja! ¡Ja!

(Casi no hay diferencia con el Norman de siempre, pero no digo nada).

Derek dice que le llega el dinero

para comprar caramelos de nata para todos.

¡Qué puntazo! ☺

En la tienda, la gente nos mira todo el rato.

Me parece muy RARO... hasta que veo lo que está

haciendo Norman. «Me gusta

tu nuevo *look*, Norman», le digo.

¡GRACIAS!

Los caramelos nos han animado

a todos para ensayar. Pasamos al lado

de la marquesina (otra vez) y AHORA sí que vemos

el cartel ENORME del CONCURSO DE ROCK.

(Con el SUSTO de Norman,

no nos habíamos fijado).

«¡MIRAD!», exclama Derek.

«¡Es una señal!

¡Eso es que vamos a **GANAR!**»,

dice Norman (todavía con su nuevo *look*).

«¿Y si todos los que ven el cartel piensan lo mismo?», me pregunto.

Nos turnamos para ponernos delante del cartel y fingir que el público nos aplaude a NOSOTROS. Entonces, Derek se fija en la letra pequeña del cartel, que dice...

«¿Pero este mes no termina dentro de... DOS DÍAS?»,
dice Derek. (¡Es verdad!).

«Dos días», repito.

Norman no se está enterando mucho. Tiene la vista
pegada al suelo.

ALGUIEN lleva los zapatos más *PUNTIAGUDOS*
que he visto nunca. Son TAN puntiagudos
que sobresalen por debajo de la marquesina.

«¡MIRAD!»,

susurra Norman (un pelín demasiado fuerte).

«¡No os lo perdáis!».

Y, antes de que podamos impedirlo,
los zapatos **puntiagudos** tienen...

... unos

OJOS ADHESIVOS.

Cuando los zapatos empiezan a *MOVERSE,*
¡nos tenemos que aguantar la RISA!
Damos media vuelta y salimos *pitando*
en dirección contraria, y ya no paramos
hasta llegar a mi casa.

«¡Me encantaría saber quién puede llevar
unos zapatos como esos!», digo, casi sin aliento.

«¡Va a flipar cuando vea cómo se los has decorado!»,
le dice Derek a Norman, que ya está buscando sitios
nuevos para pegar más ojos adhesivos.

Como necesitaré mi guitarra para el ensayo,
entramos PRIMERO en mi casa.

«Poned la tele si queréis. Enseguida vuelvo»,
les digo a mis amigos. Pero cuando vuelvo,
veo que se han quedado mirando

ESTA NOTA.

ANTES de poner
la tele..., ¿seguro
que no prefieres
respirar aire
fresco, Tom?
¿O hacer
los deberes?

«Perdonad, son cosas
de mi madre.
Me controla la tele
que veo», les explico.
(Grrr...).

La carrerita para escapar de los
zapatos puntiagudos nos ha dado mucha sed. «VAMOS
a la cocina a beber agua», les propongo, y añado:
«Y os daré alguna galleta si encuentro dónde están».
«¡Ya las veo!», exclama Norman.
«¡Yo también!»,
dice Derek.

¡Hay un paquete entero de galletas
encima de un armario de la cocina!

¡VIVA!

No creo que a mi madre le importe que les dé
una (galleta) a cada uno ☺, ¿verdad?

Norman + Derek = {INVITADOS}

Ella siempre me dice que las GOLOSINAS son
para los invitados. (O eso es lo que le diré
si se entera). Bajo las galletas y, de repente, tengo
una IDEA ☺: «Si hacemos el truqui
del envoltorio vacío*, mi madre no notará
que las he cogido (durante un tiempo)».

    Y eso es lo que hacemos.

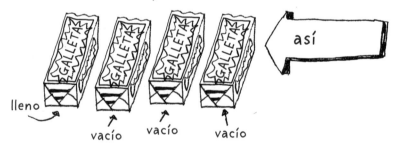

lleno

vacío   vacío   vacío

así

Desenvuelvo tres de las galletas y dejo
los envoltorios como estaban.

---

*Mira cómo se hace el truqui del envoltorio vacío en la página 43 del libro
El genial mundo de Tom Gates.

Hala, ya está.

Por los pelos, porque cuando
nos estamos terminando
las galletas aparece mi madre.

«Hola, chicos. Tom, ¿estás SEGURO de que
no quieres venir conmigo a comprar
tus zapatos nuevos?».

«Segurísimo, mamá, de verdad 😐».
(Ya se está poniendo un poco pesadita).

«Muy bien. Oye, aún es temprano, pero ya que
tenéis ensayo, ¿queréis una galletita?».

(¿QUÉEE? 😳).

Primero digo que «¡NO!» y luego
que «¡SÍ!» para que mamá no sospeche.
«¡Ya las cojo yo!», grito.

Mamá se ríe. «¡Así que TÚ ya sabías
dónde están, Tom!». (Glups, ¡qué patinazo!).

Derek y Norman me miran mientras vuelvo a bajar las galletas. Cojo el paquete con MUCHO cuidado para no **aplastar** las tres que están VACÍAS. Les doy una a cada uno

y me quedo otra yo. Tenemos que ser muy cuidadosos con los envoltorios (cosa nada fácil, sobre todo para Norman).

Mamá dice: «Yo también me comeré una, si SOBRAN». ¡Suerte que aún queda un envoltorio lleno!

 ¡FIU!

Mamá se come su galleta, pero le extraña que nosotros no hagamos lo mismo. «Eso es raro en ti, Tom. ¿No eran tus favoritas?».

«Las reservamos para luego», le explico.

«Para el ensayo en casa de Derek. Nos vamos ya», añado para que nos deje **salir**.

Cojo la guitarra y no suelto el envoltorio hasta que llegamos al garaje de Derek.

«¡**Qué SUERTE** hemos tenido!», dice él. Norman ha **aplastado** su envoltorio al **ESQUIVAR** una **barrera para gatos**.

Antes de que podamos escuchar la canción de Derek o empezar el ensayo, aparece su padre y dice:

«Si veis a ese gato,

¡**ESPANTADLO!**».

«Sí, papá», responde Derek.

«¿Tenéis concierto de los **LOBOZOMBIS**?».

«No exactamente», le digo. «Vamos a participar en el **CONCURSO DE ROCK**».

«Ya estamos», susurra Derek.

Ay...

«¿Y qué canción vais a tocar?».

«Vamos a aprender una NUEVA.

Bueno, eso intentábamos, papá».

 «Derek ha escrito una canción sobre un GATO.

¡Está genial!», digo yo.

«Hay que pulirla TODAVÍA», añade Derek.

 «La audición es dentro de DOS DÍAS,

y tenemos que enviar una grabación».

¿Eh?

Norman se entera ahora. «¿DOS DÍAS?». —

 El padre de Derek niega con la cabeza.

«Tocar una canción NUEVA es arriesgado.

Es mejor que elijáis una que ya conozcáis bien.

Si queréis, os ayudaré a grabarla».

 (Bueno, eso tiene sentido).

«Ya tocaremos mi canción

del gato otro día», dice Derek.

♪«¡WILD THING!»♪,

propone Norman. ¡Esa es muy buena!

«¡Los CLÁSICOS siempre funcionan!»,

nos dice el padre de Derek. (Es la pura verdad).

Decidido: será WILD THING.

Ya estamos a punto de empezar el ensayo cuando

el padre de Derek se pone a hacer

«Chisssssst» otra vez.

Se acerca de puntillas

a la puerta y dice:

«¡MIRAD! Ya está aquí otra vez ese gato...».

Pues yo no lo veo... Pero la puerta empieza a abrirse

muy despacio y el padre de Derek se prepara

para chillarle ¡Zaaaape!

«¡Papá, que así no hay quien ENSAYE!»,

protesta Derek.

Su padre susurra: «Me parece que es...».

 **¡¿... MI PADRE?!** ¿Qué hace ÉL aquí?

 El padre de Derek deja de espantar gatos para decir: «Estaban a punto de tocar **WILD THING**».

Papá se ha pasado por aquí para «ayudarnos» (o eso dice). Pero cada vez que queremos empezar, los dos padres se ponen a hablar sobre qué canción tocarían ellos si se presentasen a las audiciones del **CONCURSO DE ROCK**.

«¿Holaaa? Y nuestro ensayo, ¿qué?», les recuerda Derek.

«¡Que tenemos que grabar esta canción y enviarla!».

Entonces mi padre nos dice que ya tenemos
una grabación hecha. «¿Os acordáis?». (Yo no).

«Ya la enviaré yo, si queréis»,
nos dice.

Eso nos ayudará mucho, sobre todo porque el padre de
Derek ya **empieza** otra vez con lo del gato de June.

«¡Se ha propuesto destrozar

 mis discos!

¡HAY **PELOS** POR TODAS PARTES!».

«Este gato también se mete en nuestro jardín»,
le dice papá.

Como **N**orman se ha puesto a tocar
la **"batería"** AL TUNTÚN, nadie oye la puerta
cuando vuelve a abrirse.

Y esta vez resulta que es...

EL PADRE DE JUNE.

¿Qué hace **él** aquí?

«Perdonad que os moleste, pero June dice que nuestro GATO podría haberse colado aquí. Parece que últimamente se mete por todas partes».

El padre de Derek corre a mirar sus discos. (No hay ningún gato, ¡menos mal!).

¡Fiu!

«Gracias por comprobarlo», dice el padre de June. Entonces nos mira y pregunta: «¿Tenéis un grupo de música, chicos?».

«Sí, somos los LOBOZOMBIS», contesto yo.

«Yo también tenía un grupo», dice él.

Mi padre y el de Derek le preguntan
al mismo tiempo: «¿Y cuál era?».
(A nosotros también nos interesa).

 «No creo que hayáis oído hablar de nosotros.
Hacíamos rock por los años noventa».

 «A mí ME ENCANTA el rock de los noventa»,
dice el padre de Derek.
«¿Cómo se llamaba el grupo?», insiste papá.

  **PLASTIC CUP.**

Y nuestros padres exclaman: ¡HALAAA!

 «¡Tengo todos vuestros discos!».
(Yo NUNCA he oído hablar de los **PLASTIC CUP**).
«Fijo que mi padre va a poner un disco suyo.
Como nos quedemos aquí, nos hacen escucharlo
», nos avisa Derek.

Mi padre y el de Derek se han quedado ALUCINADOS al conocer a un miembro de los PLASTIC CUP, pero solo es el padre de June. (No es para tanto).

«¿Y si vamos a tu casa, Tom?», dice Derek. Me parece perfecto, porque así podremos ver LA FRUTIPANDILLA LOCA. Mamá no me dirá que apague la tele si tengo invitados. ☺

Dejamos a los padres hablando de la PORTADA DEL DISCO. Que no es otra cosa que un vaso de plástico.

Mi padre nos promete que enviará nuestra grabación para las audiciones del CONCURSO DE ROCK en cuanto llegue a casa.

«¡Todavía no me puedo creer que fuese de los Plastic Cup!», me susurra al oído.

«Sí, papa, pero no te emociones», le digo.

Norman, Derek y yo los dejamos con sus cosas. Pero se nos olvida cerrar la puerta del garaje...

ANTES de poner la tele..., ¿seguro que no prefieres respirar aire fresco, Tom? ¿O hacer los deberes?

Lo primero que voy a hacer es despegar la nota que mamá ha puesto en la TELE.

Y ahora ya puedo poner LA FRUTIPANDILLA LOCA.

Norman se lanza encima del bol de frutas que hay sobre la mesa. «Nosotros también somos un poco como la Frutipandilla Loca, ¿verdad?», dice mientras se pone unas cuantas frutas en la cabeza. Derek hace lo mismo, y yo también, cuando de repente suena el timbre. Voy a abrir la puerta (con las frutas todavía en la cabeza).

¡Es JUNE!

(Si hubiese sabido que era ella, me habría
quitado las frutas de la cabeza).

«¿Está aquí mi padre?», me pregunta.

«Pueees... no, está al lado, en casa de Derek.
Estamos viendo LA FRUTIPANDILLA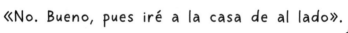
LOCA», le digo, para explicar

lo de las frutas. «¿La has visto alguna vez?».

«No. Bueno, pues iré a la casa de al lado».
Entonces ve a Derek y a Norman

 haciendo el ganso.

«Son unos dibujos MUY divertidos»,
le explico.

«Si tú lo dices...».
(Me había olvidado de que ella no tiene).

June ya está a punto de irse cuando mi madre baja para ver quién es.

 «Hola, June. ¿Has venido a jugar?».

(¿Ha dicho «JUGAR»...? Grrr).

 «Solo estaba buscando a mi padre, gracias», le dice ella.

«Pues siempre que quieras venir a casa, serás MUY bienvenida. ¿A que sí, Tom?».

Yo digo que sí con la cabeza... y se me cae un plátano. Me despido de June y cierro la puerta justo a tiempo, porque mamá *Coge* una bolsa y dice...

«He tenido MUCHA suerte, mira qué he encontrado para ti, Tom», y me enseña UN PAR DE ZAPATOS **ENORMES** Y **ortopédicos**.

Espero que te queden bien, dice (¡y yo espero que no!).

«Si te los pruebas, te dejo ver los dibujos».

(Hummmm..., vale). Vamos a ver.

¡Oh, no! ¡Sí que me quedan bien!

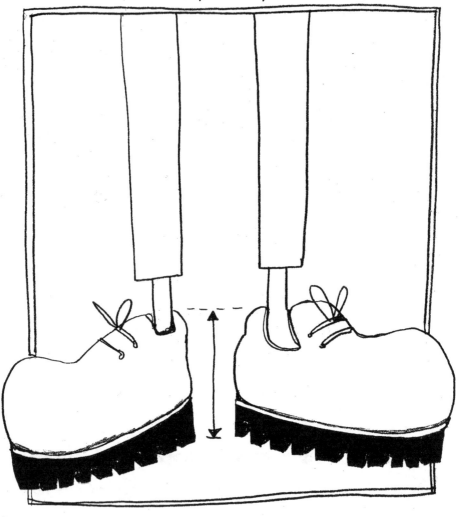

¡Pero parezco un PAYASO!

Mamá dice que me durarán mucho tiempo.

(No pienso ir así al cole NI LOCO). 🙁

Antes de que me los pueda quitar, Delia me ve y empieza a PARTIRSE. ¡Ja! ¡Ja! ¡Ja! ¡Ja!

«No es para *TANTO*, Delia», le dice mi madre.

Derek y Norman asoman la cabeza para ver qué pasa. Sus caras son un poema. ¡Ja! ¡Je! ¡Je!

 «No puedo ponerme esto, mamá. Además, me aprietan». (En realidad son muy cómodos, pero eso no lo digo).

«¿Seguro? Qué pena. Son unos zapatos muy resistentes».

 «RESISTENTES y ORTOPÉDICOS».

Se acabó, me quito los zapatos. Mamá dice que los devolverá, si le dejan. «Si no, tendrás que llevarlos».

«O utilizarlos como tope de puerta», se ríe Delia.

El mal trago de los zapatos casi ha valido la pena, porque al menos nos dejan ver

LA FRUTIPANDILLA LOCA.

BUENAS NOTICIAS

Papá ha enviado nuestra grabación de **WILD THING** al **CONCURSO DE ROCK**, ¡y los **LOBOZOMBIS** vamos a tener una prueba muy pronto! «Será mañana, después del colegio», me dice en el desayuno.

«¡Pues sí que ha sido *RÁPIDO!*», digo.

«Saben reconocer a un buen grupo cuando lo oyen», contesta él, sonriendo.

¡No hay tiempo ni para ponerme nervioso! (aunque me pondré nervioso de todas formas). Se lo cuento todo a Derek de camino al cole.

«¡Qué bien! ¿Y al final te vas a poner tus zapatos **NUEVOS?**», me pregunta.

«¡**ESO NUNCA!**»», contesto, meneando la cabeza.

«¡Pues a mí me han hecho **REÍR!**».

«¡**Precisamente** por eso no pienso ponérmelos jamás!».

Derek dice que tiene unos zapatos de sobra

para prestarme en caso de emergencia.

¡Bien pensado, Derek! (Por eso es mi MEJOR AMIGO).

TAMBIÉN me dice que pronto podremos ver

la peli de ALIENÍGENAS que ha hecho su clase

esta semana. Es muy divertida.

Pero la MEJOR NOTICIA ES QUE...
¡LOS INSPECTORES SE HAN IDO

POR FIN! ¡VIVAA!

El señor Fullerman ya no lleva pajarita

y todos los profes están como más relajados. ¡Uf!

El señor Fullerman quiere saber

si todos hemos traído los diarios FIRMADOS

por nuestros padres.

Marcus dice que «SÍ» muy fuerte.

AMY también lo tiene. Y yo..., pero tendría que

añadir alguna «firma» más.

(Lo haré en el recreo, cuando nadie me vea).

Después de la SEMANA CULTURAL, la vuelta
a las clases de *mates* significa tener que volver a

CONCENTRARSE.

Gñññ...

Algo muy difícil cuando no puedes dejar de pensar
en LA AUDICIÓN de mañana (y en otras cosas).

Todavía tengo mi **cordel**, y jugueteo con él
mientras hago los ejercicios de *mates*.

(Ojalá tuviese una caja de bombones ahora mismo.
Mmmm...).

EJERCICIOS DE MATEMÁTICAS

1. John ha comprado **25** cajas de bombones. En cada caja hay
36 bombones. ¿Cuántos bombones ha comprado en total?

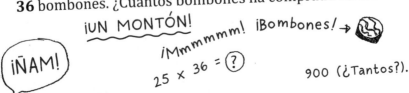

¡UN MONTÓN!

¡NAM!

¡Mmmmmm! ¡Bombones! →

$25 \times 36 = ?$

900 (¿Tantos?).

Me cuesta un montón, pero al final consigo acabar todos los ejercicios. También añado una firma al diario de lectura. Es una mañana muy aprovechadita. ☺

Me planteo hacer otro garabato con mi cordel...

... cuando el señor Fullerman me dice:

«Guarda ese cordel, Tom».

(¡Me ha pillado!).

«Ahora, prestad atención todos»,

dice a la clase. (Espero que no nos ponga más ejercicios de *mates*). ☹

¿Os leo otro trozo del cuento?

¡SÍ!

Lanzo el puño al aire.

puño al aire

CAPÍTULO 2

EL alcalde Simeón Biberón se miró al espejo: **«¡Qué BUEN aspecto tengo!»**, sonrió, alisándose una ceja con una de sus uñas perfectamente cuidadas. **«¿A que soy totalmente... BELLO?»**.

El alcalde dio unos toquecitos a su mata de pelo extrañamente abultada, que se movió un poco a la derecha y otro poco a la izquierda.

Acto seguido, clavó la mirada en los dos inspectores sanitarios que estaban plantados tras él con sus batas blancas. **«¿Estáis de acuerdo o no?»**, les preguntó.

Walter y Roger tragaron saliva. ¿Y si era una pregunta trampa? La respuesta EQUIVOCADA pondría al alcalde de mal humor para todo el día, y ESO era lo último que deseaban.

Walter inspiró profundamente. **«Sí, señor alcalde, es usted muy apuesto»**, aseguró.

«Ya lo creo», añadió Roger. **«Lleva un traje fantástico, ¡y qué PELO! ¡Oh, qué PELO!»**. Hizo una pausa para buscar las palabras ADECUADAS. **«En fin, nunca había visto un pelo tan increíblemente...»**.

«¡… AHUECADO!», añadió con entusiasmo.

El alcalde se quedó satisfecho con ambas respuestas, lo que provocó el alivio de los dos hombres.

«Decidme, ¿hay fotógrafos de PRENSA escondidos entre los matorrales esperando el momento de sacarme una foto A TRAICIÓN?», preguntó.

«EN ABSOLUTO, alcalde. Nos encargamos de que ningún periodista rondase por la zona hasta que TODO transcurriera según el plan».

«¿Y TODO ha transcurrido según el plan?», preguntó el alcalde mientras intentaba mirar a AMBOS hombres a los ojos (cosa nada fácil, ya que era tirando a bajito).

«¡Sí, señor alcalde, TODO ha transcurrido EXACTAMENTE según el plan!». Los dos inspectores cruzaban los dedos detrás de la espalda y forzaban unas sonrisas nerviosas.

«Bueno, entonces propongo que…», dijo el alcalde con calma… **«¡HAGÁIS VOLVER A ESOS FOTÓGRAFOS AHORA MISMO!»,** GRITÓ (nada calmado).

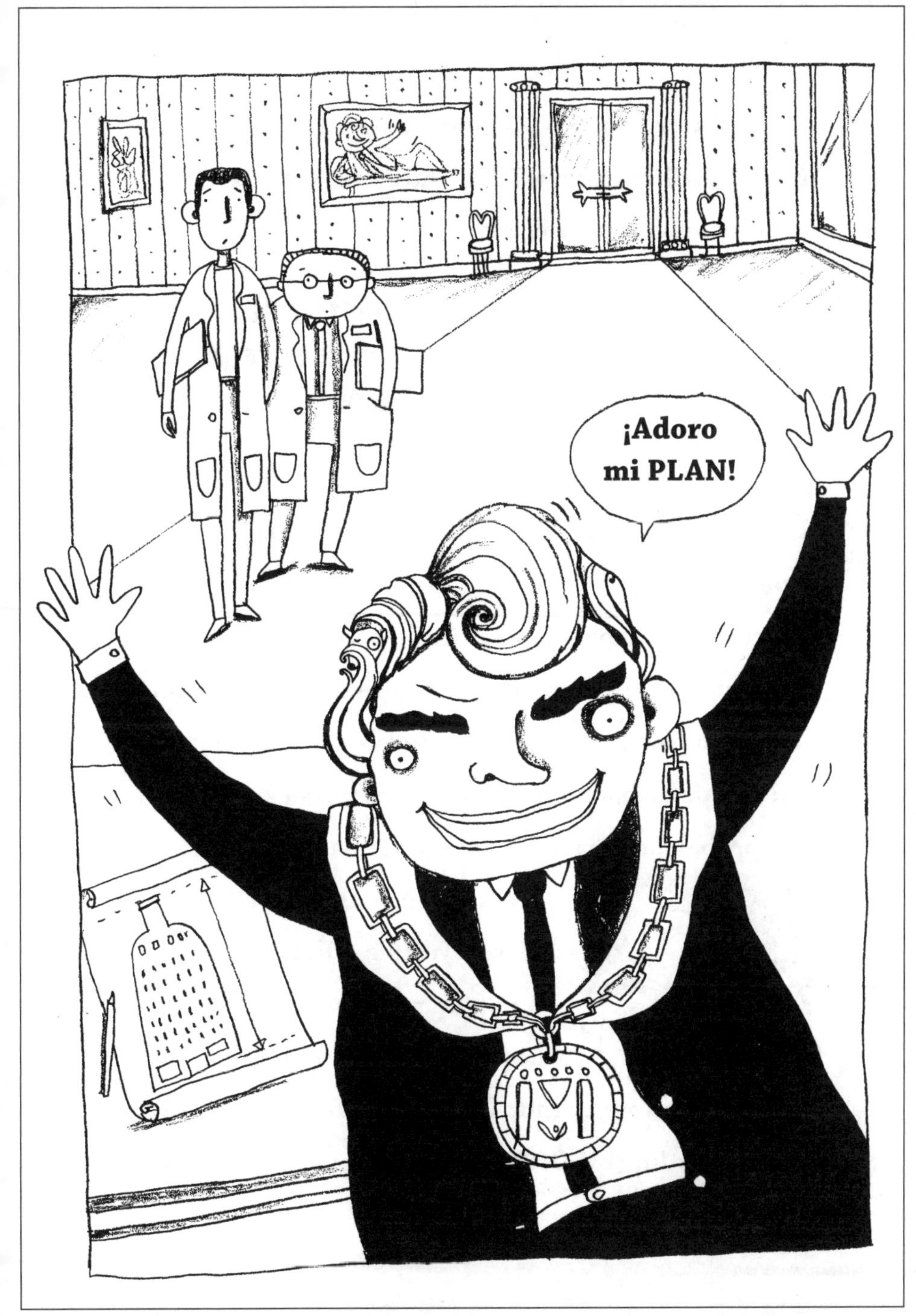
¡Adoro mi PLAN!

«¡Quiero ver **FOTOS** mías donde salga **ESTUPENDO!** Quiero **TITULARES** en **TODOS** los periódicos que digan:

¡AL FIN SE CIERRA LA PASTELERÍA INFESTADA DE BICHOS! EN SU LUGAR SE EDIFICARÁ LA TORRE BIBERÓN, UN LUJOSO RASCACIELOS».

El alcalde gritaba y gesticulaba con TANTO ÉNFASIS que la ardilla que dormía en su pelo estuvo a punto de despertarse. (Nadie mencionaba NUNCA el extravagante peinado del alcalde… Al menos, no en su cara. Por algún motivo, él estaba convencido de que su pelo se vería más «natural» con ese pelucón tan estrafalario, pero como vosotros mismos podéis comprobar, andaba MUY desencaminado).

«¡Sí, señor alcalde!», dijeron Walter y Roger mientras se ponían rápidamente en movimiento. **«¡Eso está hecho!».**

«¡Avisadme cuando lleguen los fotógrafos para que pueda fingir SORPRESA!», les ordenó el alcalde antes de volver a mirarse al espejo.

Supongo que ya os habréis dado cuenta
(a menos que no estuvierais ATENTOS) de que el alcalde
Simeón Biberón no era una persona muy simpática.
Procedía de un linaje muy largo de ANTEPASADOS
MEZQUINOS, por lo que no era nada extraño que
saliese tan malvado.

De hecho, sus padres no habían sido precisamente
una pareja adorable. El señor y la señora Biberón
no habían hecho esfuerzo alguno por disimular que,
desde el momento en que nació su retoño,
ambos se habían sentido PROFUNDAMENTE

decepcionados.

«Muy guapo no es, ¿verdad?»,
dijo su madre, observando
al bebé.

«Entonces, ha salido a ti»,
rio su padre.

**«Bueno, ¿y cómo lo vamos a llamar,
aparte de "poco agraciado"?»**, preguntó ella.

«Con ESA cara, más vale que tenga un nombre ridículo para que aprenda RÁPIDO a defenderse», dijo él.

Y así, le pusieron a su hijo el nombre más ridículo que se les ocurrió: **Simeón Biberón.**

El pequeño Simeón no tardó mucho en demostrar que había heredado la personalidad mezquina de sus padres. Pasó de ser un bebé relativamente gracioso a un adolescente repulsivo, hasta convertirse en un adulto vanidoso y ruin.

(Ya os habréis hecho una idea).

¡Despedido!

Conforme pasaron los años, Simeón cosechó muchos éxitos en los negocios a fuerza de sobornos y engaños hasta convertirse en el AMO del cotarro.

A Simeón le entusiasmaba el PODER. Y gracias a sus tejemanejes con algunos VOTOS falseados (mejor dicho, con MUCHOS votos falseados), logró convertirse en el excelentísimo ALCALDE de la ciudad.

Pero a Simeón no le bastaba con un título rimbombante y una banda honorífica ESTUPENDA. Era una persona codiciosa y siempre quería MÁS (mucho más).

Fue después de leer una SELECTA revista sobre las personas más ricas y poderosas del mundo cuando anunció: «**Quiero un RASCACIELOS alto como una TORRE, lleno de TIENDAS de LUJO y OFICINAS, y con una PLACA con mi NOMBRE en TODOS los pisos**». (El nombre que quería poner era BIBERÓN, no Simeón, por si os lo estabais preguntando).

El alcalde soñaba con vivir en lo alto de esa torre, desde donde dominaría toda la ciudad. (Recordad que era un hombre más bien bajito, y pocas veces podía mirar desde arriba a alguien que no fuese un niño).

«Quiero **CONSTRUIR la TORRE BIBERÓN JUSTO AQUÍ**», decidió el alcalde, creyendo que sería coser y cantar. Y entonces dio la orden de comprar TODOS los edificios que estaban en medio.

Pero como no todos sus dueños quisieron vender, intentó convencerlos de que sus inmuebles corrían peligro de DERRUMBE. Este truco le funcionó bastante bien, aunque aún quedaba UN propietario que no quería vender ni trasladar su negocio: **LA PASTELERÍA**.

El señor y la señora Integral no se tragaban que
su establecimiento estuviese a punto de derrumbarse.
Además, también era su casa. ¿Adónde irían, si no?

El alcalde Biberón estaba FURIOSO con la familia
Integral. Quería ECHARLOS de una vez. Por eso
tramó un plan y ahora se frotaba las manos al pensar en
lo que iba a ocurrir. Aquel sería el ÚLTIMO día
que LA PASTELERÍA abriría sus puertas.

**«Estoy harto de esa pareja tan almibarada
y de sus insoportables hijas, María y Magdalena.
¡Hoy terminarán sus días DULCES!»,** rio.
(En otras palabras, el alcalde Biberón había
encontrado la manera de QUITARLES
LA PASTELERÍA definitivamente).

El alcalde volvió a consultar con los inspectores sanitarios. «¿Tenéis ya el aviso de **EXPROPIACIÓN FORZOSA por el Ayuntamiento?**».

«Sí, señor alcalde», contestó Roger, ondeando unos papeles oficiales.

«¡Quiero la DESTRUCCIÓN integral… de la familia Integral!».

El alcalde se rio de su propio chiste, y los inspectores también, para que estuviera contento.

«¿Y a qué estamos esperando? Ya estoy listo para el reportaje fotográfico».

El alcalde se echó un último vistazo al espejo antes de salir.

(Era especialista en fingir sorpresa delante de los fotógrafos).

¡Flash!

CAPÍTULO 3

En LA PASTELERÍA, el señor y la señora Integral y sus hijas María y Magdalena colocaban la última bandeja de bollos en una bonita vitrina.

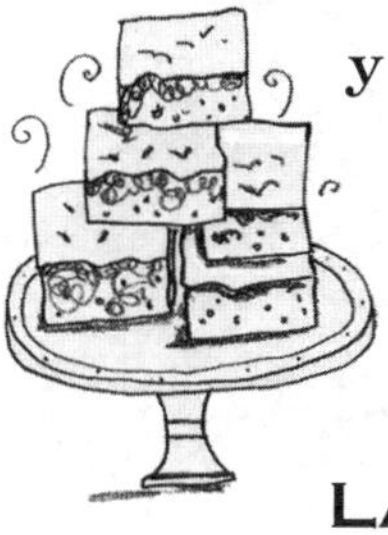

DE ALGUNA MANERA, habían terminado la tarea imposible de poner orden en LA PASTELERÍA y preparar una nueva hornada de pastelitos y galletas antes de que llegasen el alcalde y sus inspectores sanitarios.

TODOS estaban AGOTADOS, pero la tienda había quedado reluciente, casi como si no hubiera pasado nada. No habían tenido tiempo para preparar panes y bollos de todos los tipos, pero sí que había montones de pastelitos de chocolate. El señor Integral miró a su familia antes de preguntar: **«¿Estáis todas preparadas?»**.

«Tan preparadas como podemos», contestó su mujer con aire nervioso.

«¡UN MOMENTO!», gritó María.

Corrió a la otra punta de la tienda y, sin pensárselo dos veces, dio un fuerte **PISOTÓN** al suelo.

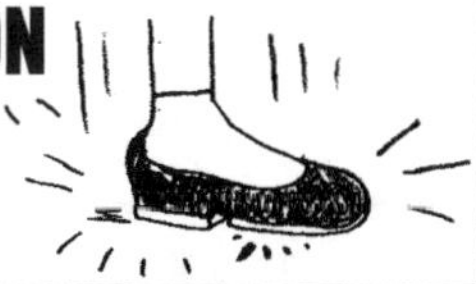

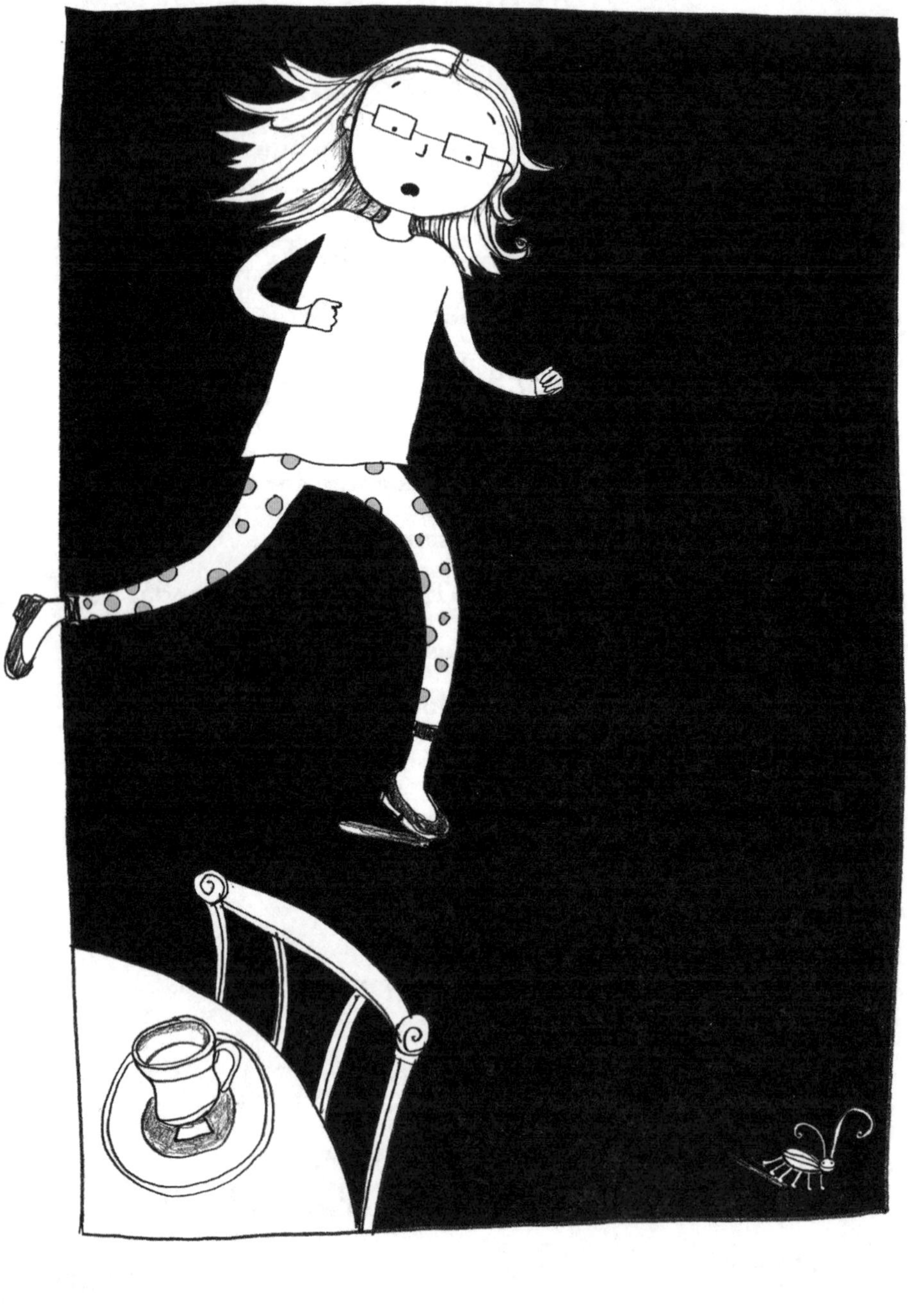

Se oyó un CRUJIDO, y María levantó el zapato.

«**¡Arreglado!**», dijo, mirando el bicho aplastado.

«**¡RÁPIDO, coge una servilleta y límpialo.
Sobre todo, que no quede nada en el suelo: ni patas,
ni antenas ni otros trocitos del cuerpo, ¿vale?**»,
le pidió su madre.

María eliminó todo rastro del bicho justo a tiempo,
porque fuera ya se oían llegar las furgonetas y
los coches pertenecientes al alcalde Simeón Biberón
y a su equipo de inspectores sanitarios.

«**Si esto no sale bien, perderemos la tienda**»,
dijo el señor Integral.

«**Saldrá bien**», le aseguró su mujer. Giró el cartel
de la puerta de LA PASTELERÍA de CERRADO
a ABIERTO y todos se pusieron a esperar la llegada
del alcalde.

El profe hace **CLOC** al cerrar el libro.

«**PERO** ¿cómo sigue el cuento?», pregunta Brad.

«Si queréis leer el final, encontraréis este libro en la biblioteca. ¿O QUERÉIS que os lea el resto en otro rato?».

Todos contestamos... «¡**SÍIIIIII**!».

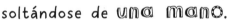 «Pues sí que está de buen humor»,
le comento a **AMY**.

«Todos los profes lo están, ahora que
los inspectores ya se han ido». (La pura verdad).

Cuando llega la hora del recreo, busco a Norman
para recordarle que mañana tenemos la audición
(ya le llamé ayer, pero igual se ha olvidado).

Derek me acompaña.
«Me parece que está ahí», dice.

Si no es Norman, lo parece. Se está columpiando
en las barras trepadoras, agarrándose con los dos
brazos. Hasta que nos ve y nos saluda...
soltándose de una mano.

(¡Gran error!).

Norman se ha caído al suelo, pero dice

que está BIEN.

«Me he arañado un dedo.

Y me he dado un golpe

en la rodilla... y en el pie...,

pero aparte de eso, estoy bien».

Tranquilos.

«**M**añana es la audición para el CONCURSO DE ROCK.

¿Seguro que estás bien?», le pregunta Derek.

«¡**Q**ue sí! ¡Tranquilos, lo haremos GENIAL!».

Norman se levanta y empieza

a columpiarse un poco más.

Por si las moscas, VUELVO a recordarle:

«Entonces quedamos mañana en mi casa

después de clase, ¿vale?».

Y él dice: ¿Para qué? (¿se habrá olvidado

ya?),

pero añade: ¡Es broma!

(No tiene gracia, Norman).

202

¡Es HOY!

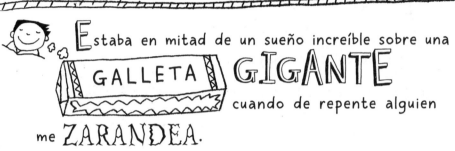

Estaba en mitad de un sueño increíble sobre una GALLETA GIGANTE cuando de repente alguien me ZARANDEA.

Abro los ojos 👀

y veo a Delia.

¡TOM! ¡TOM!

«¿Qué le has hecho a MI ROPA?

¡Está llena de **PELOS**

y me **LLORAN** los ojos!».

¿Eh?

Parece como si Delia se hubiese bañado en **PELOS**

(que, sospechosamente, son del mismo color

que el gato de June). 🐱

«¿Has dejado entrar a ese gato

en mi cuarto?».

«No», le digo, aunque no estoy del todo

seguro. Ella sale como una **FLECHA**,

y yo me levanto de la cama y me visto

a toda prisa por si se le ocurre

volver a entrar.

Me escapo abajo, donde me encuentro con OTRA

situación DELICADA. Mi madre me ha dejado

una nota sobre los zapatos NUEVOS. Se ha empeñado

en que me los ponga.

Papá, que también se ha levantado, me dice: «No están

TAN mal, Tom. Son mejores

que los viejos».

Tom, póntelos para ir a clase. ¡No los puedo devolver! Bss. 😊

(No estoy de acuerdo).

«Pero tampoco tienes otros zapatos presentables, ¿verdad?».

¡En eso SE EQUIVOCA! «Tengo un par de zapatos de emergencia en casa de Derek», le cuento.

«Ah, vale», contesta papá.

«Me los pondré hoy. Son muy presentables».
«Si te quedan bien y a Derek no le importa...».

«Tenemos el mismo número», le digo sin dudarlo.

Resulta que los zapatos de Derek me quedan un pelín... apretaditos. Pero me lo callo y le digo: «Gracias, Derek». (Son mucho más presentables que mis zapatos viejos).

Hoy tenemos clase de natación. ¡Que no se me olviden las cosas para la piscina!

Incluido el champú...

Normalmente no me molestaría en lavarme el pelo, pero hoy tenemos la audición después de las clases (y el otro día Amy me dijo que todavía tenía harina en la cabeza..., ¡qué corte!).

De camino al colegio, ¡descubro que los zapatos de Derek me quedan _más_ que APRETADITOS! Me rozan los talones y tengo que andar muy despacio.

«¿Qué, preparado para la audición de hoy?», me pregunta Derek.

«Sí, tengo muchas ganas».

(Bueno, más o menos... ¡Espero que salga bien!). ☺

En clase, el señor Fullerman pasa lista a _TODA pastilla_ y nos hace correr hacia el autocar 🚌 para llegar enseguida a la piscina.

«Cambiaos tan rápido como podáis, por favor», nos dice a todos.

¿Por qué siempre hay que ir con _PRISAS_ a las clases de natación? Aunque es un **gran** alivio quitarme los zapatos de emergencia.

Tengo mi BAÑADOR

(genial),

pero me he olvidado de las gafas de nadar

(fatal).

 «¿Alguien tiene unas gafas de sobra?», pregunto.

Marcus, que ya se ha puesto las suyas, dice:

«Yo sí tengo, pero no me dejan prestarlas».

«Gracias por la información, Marcus».

POR SUERTE, Armario también tiene.

Son un poco GRANDES

y hay que ajustarlas. Cosa nada fácil.

Cuando me las pongo, me aprietan tanto

que casi tengo miedo de que se me salgan

los ojos de la cara. Si las muevo un poco

me aprietan menos, pero se me llenan

todo el rato de agua o de vaho.

¡Me paso toda la clase vaciándolas y ajustándolas!

Cuando parece que ya les he encontrado el punto...

... termina la **clase**. Le devuelvo sus gafas a Armario, ¡y él me dice que me las había puesto al revés!

«Ahora se te ha quedado la marca alrededor –¡Oh! de los ojos», añade.

«Ya se quitará», le aseguro (o eso espero). En la ducha, aprieto el bote de champú hasta que sale un buen pegote. ¡PRRUP!

«Eso parece crema bronceadora, Tom», me dice Armario.

«¿Qué?». Vaya, me habré equivocado de bote,

y ahora no puedo ni lavarme el pelo. Me quito la pasta de las manos con la toalla.

Luego me visto y empiezo a quitarme la marca de las gafas frotándome también con la toalla.

«Pareces un **panda**, Tom», salta Marcus en el autocar, de vuelta al colegio. (Eso es que todavía tengo la marca de las gafas).

«En realidad, pareces un panda rojo, porque tienes la cara muy colorada».

«Es la marca de las gafas, y ya se irá», le explico (pero al frotarme con la toalla no se ha ido).

«¿Hoy no tenías una audición para el CONCURSO DE ROCK?», me recuerda, el muy LISTILLO.

«Sí, los **LOBOZOMBIS** hemos pasado la selección».

«Pues como no se te vaya esa marca, te tomarán por un **panda**».

«Solo es la marca de las gafas. Se irá sola». (A partir de ahora voy a pasar de él).

Cuando volvemos al cole, los demás también empiezan a mirarme.

–¡Oh!

marca de las gafas

Hasta el señor Fullerman me pregunta si me encuentro bien. «Solo es la marca que me han dejado las gafas de nadar», le explico antes de sentarme. Pero entonces AMY me dice que estoy lleno de MANCHAS.

«¿MANCHAS?».

«Sí, tu cara tiene un color raro, y las manos también».

Me las miro y veo que están como naranja oscuro. Eso sí que es raro.

«Iré a lavármelas. Seguro que no es nada», digo. Pero el naranja no se va, y cuando terminan las clases, las manchas de la cara están un poquitín... PEOR.

Como hoy es la audición, Norman y Derek me esperan a la salida para volver juntos. Al verme, flipan bastante.

«No os preocupéis, esto se va», les digo.

Volvemos a pasar por delante del cartel de las audiciones, y eso me recuerda... «¡Los zapatos puntiagudos!», les digo a mis amigos.

«¿Qué clase de persona puede llevar esos zapatos?», se pregunta Derek.

«Un ALIENÍGENA» , ríe Norman.

Y hablando de zapatos..., los de Derek todavía me aprietan. Pero ahora no me puedo preocupar por esto, porque tenemos el tiempo justo para coger algo de picar y cambiarnos. Norman llevaba su camiseta por debajo de la ropa.

«Así gano tiempo».

¡Genial! ¡Ya puedo avisar a papá de que los LOBOZOMBIS estamos listos para TRIUNFAR!

Mamá vuelve del trabajo con Delia detrás. De repente, se para y me mira.

«Tom, ¿has usado mi **bronceador?**».

¿Bronceador?
No, claro que no.

 «Un poco naranja sí que estás», dice Derek.

 «Aunque la marca de las gafas ya casi

se ha ido».

Entonces Delia **SALTA**:

 «Cambiaos el nombre por "Los Naranjitos",

y listo».

«¡Que **NO** estoy **NARANJA!**», replico.

«Pues yo creo que sí», dice mi madre.

Entonces mira dentro de mi bolsa de deportes

y saca lo que yo había tomado por champú.

«Es mi bronceador. ¡Esto es lo que te ha manchado

la cara!».

No tengo tiempo de lavármela bien, y papá dice que vamos a llegar tarde si no salimos ya.

Pero mamá grita:

«Esperad... Ven aquí, Tom».

Y entonces va y me LIMPIA la cara con una especie de trapo.

(¡QUÉ vergüenza!).

mmm
mmm

Ahora, el bronceador ya se ha ido casi del todo. Solo me quedan unas pequeñas señales.

Cuando ya nos íbamos, Delia dice: «Incluso de color naranja, sois mejores que el grupo de **pringados** de los jerséis».

(Viniendo de Delia, ¡eso es todo un cumplido!).

Papá nos lleva en coche a la audición, pero se ha **olvidado** de coger las instrucciones para participar y perdemos mucho tiempo esperando en una cola que no es la nuestra.

Aquí no es.

(Casi perdemos nuestro turno para la audición). Cuando entramos, veo a los chicos de sexto. Ya están tocando en el escenario. «No están nada mal», comenta Derek. «¡Es verdad!», digo yo. Papá nos suelta un rollo antes de que nos toque actuar a nosotros:

«Si no os eligen, NO es el fin del mundo. Hacedlo tan **BIEN** como podáis y ya está. Hay bastante nivel, pero lo haréis bien».

(Lo dice como si no tuviésemos ni una posibilidad).

Una señora nos avisa de que somos los siguientes.
Ya hay una batería y unos teclados en el escenario.
Pero, antes de empezar, tenemos que esperar a que
el grupo anterior recoja sus guitarras.
Mientras esperamos, veo unos ⱫⱭⱣⱭⱦⱺⱾ
ⱣⱳⱨⱦⰻⱭⱪⱳⰬⱺⱾ muy ⱾⱺⱾⱣⱸⰿⱨⱺⱾⱺⱾ...

«Psssssttt», llamo a Derek
y a Norman.

«¡Mirad ahí!».

Derek entorna los ojos

para ver mejor.

«¡ⱢⱺⱾ ⱫⱭⱣⱭⱦⱺⱾ ⱣⱳⱨⱦⰻⱭⱪⱳⰬⱺⱾ!».

Estoy describiéndoles los zapatos ⱣⱳⱨⱦⰻⱭⱪⱳⰬⱺⱾ
con mímica cuando la persona que hay detrás
del telón sale de pronto...

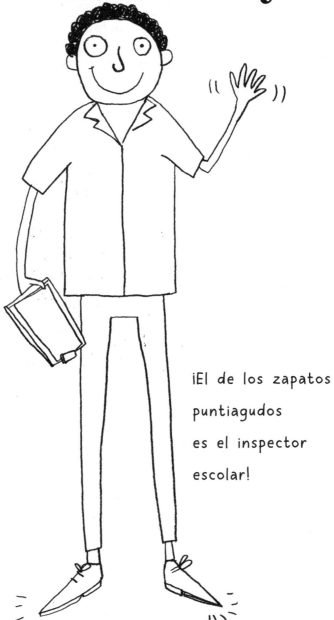

¡... y nos **SALUDA**!

¡El de los zapatos
puntiagudos
es el inspector
escolar!

Nos dice: «¡BUENA SUERTE! He visto los nombres en la lista de participantes, y os he querido saludar antes de volver al jurado. Antes de ser inspector, era músico y profesor de música…, por si os lo preguntabais».

(Es un miembro del JURADO con zapatos muy puntiagudos).

«¡Con ÉL en el jurado, YA podemos olvidarnos de pasar la audición!», susurro.

«¡Arriba, LOBOZOMBIS!», grita Norman. De pronto me acuerdo de que me he traído unas gafas de sol que esconderán las marcas que me quedan en la CARA. Me las PONGO y me dirijo al micrófono (cojeando un poco por culpa de los zapatos de Derek).

«¡Hola, somos los LOBOZOMBIS y vamos a tocar WILD THING!». (Allá vamos...).

Nuestra actuación sale más o menos bien hasta que tengo que quitarme las gafas de sol porque no veo lo que estoy tocando, y eso lo complica todo.

«Bien hecho, LOBOZOMBIS. Gracias por venir. Estaremos en contacto», dice el ~~inspector~~..., digooo, el miembro del JURADO.

¡Y eso es todo! Hemos terminado, la audición ha pasado. Vamos a buscar a papá, que está fuera, y ¿adivináis quién está esperando para tocar a continuación?

El grupo de **pringados**, que han estrenado JERSÉIS

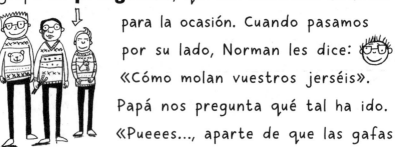 para la ocasión. Cuando pasamos por su lado, Norman les dice: «Cómo molan vuestros jerséis».

Papá nos pregunta qué tal ha ido.

«Pueees..., aparte de que las gafas de sol eran tan oscuras que no veía ni torta, supongo que bien», digo.

Le contamos a papá que el inspector escolar

es miembro del (JURADO.) 😊 (Es VERDAD.) 😊

(Pero no menciono:

1. Que [me] topaba con ese inspector TODO el rato.

2. Que [me] pilló haciéndole una caricatura. 😳

Mi padre no necesita saber nada de esto).

Sí que menciono los **zapatos puntiagudos** 👀.

«¿Te imaginas que te hubiese pillado

pegándole esos ojos, Norman?», ríe Derek 😄.

« ¡SUERTE¿ que nos escapamos!».

Cuando nos subimos al coche, papá dice:

«¡Casi se me olvida! Mamá me ha dicho que después

de la audición te lleve al centro comercial para

comprarte...». CREYENDO que iba a decir

«UNOS ZAPATOS PRESENTABLES», le contesto: 😮

«Prefiero no ir, papá».

Y pongo cara de AGOBIO para dejarlo bien claro. 😐

😁 Y papá dice: «Bueno, si no te apetece...

un DELICIOSO HELADO

, por mí, perfecto».

¡CLARO que queremos un <u>helado</u>!

«¡Qué gracioso es tu padre!», salta Norman.

«Sí, me parto con él», digo mientras elijo un sabor.

(¡Chocolate y caramelo, claro!).

POSIBILIDADES DE GANAR EL CONCURSÓMETRO

muchas · 50% · Pocas · cero

La **MALA** noticia: los **LOBOZOMBIS** no hemos pasado la audición del **CONCURSO DE ROCK**. ☹

O sea, que no actuaremos en el Festival **SÚPER ROCK**

Pero no me ha fastidiado (DEMASIADO).

«Cuanto más practiquéis, mejores seréis», me dice papá.

(Es lo típico que diría el tío Kevin).

Y la **BUENA** noticia: al final, mi madre

ha encontrado un uso MUCHO mejor para los zapatos

ortopédicos. Los ha llenado de piedras

y los ha puesto de TOPE en la puerta de Delia

para que el gato de June no pueda volver

a colarse en su habitación.

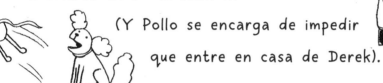

(Y Pollo se encarga de impedir

que entre en casa de Derek).

En el cole, **AMY** me dice que los de sexto

tampoco han pasado la prueba, y eso que ellos

ensayaron MOGOLLÓN.

Marcus sigue tan plasta como siempre.

«Ya he oído que vuestra audición fue un desastre»,
me dice.

«TAN mal no fue, pero no la pasamos».

«Me gustaría un montón ir
al Festival SÚPER ROCK», dice él.

«Y a mí». (Es la primera vez en SIGLOS
que estamos de acuerdo en algo).

El señor Fullerman nos dice que nuestros padres
recibirán pronto una copia del INFORME
DE LA INSPECCIÓN ESCOLAR.

«En general hemos salido bastante bien
parados , aunque mencionan
algún problema de puntualidad».

Yo pongo cara de bueno, como si no supiese
de qué está hablando.

«Pero como os habéis portado tan bien,
hoy os haremos un pase de la película que
ha hecho la clase de la señora Worthington».

«¡BIEEEN!»,

gritamos todos.

«Y, además, os leeré los ÚLTIMOS CAPÍTULOS de *UNA RECETA MUY ESPECIAL***».**

«¡BIEEEN!»,

volvemos a gritar.

«Después de una clase doble de matemáticas».

S I L E N C I O.

De repente, entra la señora Mega y pide que alguien la ayude a <u>sacar</u> sillas al pasillo para ver la película. Levanto LA MANO tan *rápido* que me **elige** enseguida.

(+ TRABAJO VOLUNTARIO = − *MATES*)

Mientras ayudo a la señora Mega con las sillas, me siento muy satisfecho de haberme librado de la ración doble de *mates*.

(Soy un genio).

Para no volver a clase demasiado pronto, me entretengo todo

lo que puedo, y cuando entro...

(\ ... el señor Fullerman está

TERMINANDO EL CUENTO!

¿Quéee?

«¿Me he perdido el final? ¡Yo creía que había clase de *mates*!».

«¡Perdona, Tom, era broma! Ya la dimos el otro día. Pero puedes sacar el libro de la biblioteca y añadirlo a tu diario de lecturas. ¡Que ESPERO que tengas al día!».

(Pueeees... sí, más o menos).

Marcus me dice : «¿Te cuento el final?».

«¡NO! ¡No me cuentes nada,

que quiero leerlo!». Como no se calla, me tengo que

tapar los oídos. La, la, la, ladra, chucho,

que no te escuchooo... Ya ha parado.

Si relleno las últimas páginas del diario de lectura,

me darán uno nuevo. Y mis padres ya podrán

empezar a firmarlo.

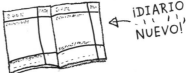

¡DIARIO NUEVO!

El profe me deja ir

a la biblio a la hora

del almuerzo para poder sacar el libro

y leer el final. ☺

Pero cuando llego, la señora Tomo

(la bibliotecaria) me dice que lo acaba de prestar.

«¿Ya?».

«Sí, a ese chico de allí. Dice que quiere volver a leerlo.

A lo mejor te lo deja leer antes si se lo pides», me dice.

Pero cuando veo quién es...

... ni me molesto. Me diría que no.

O me **contaría** el final. (O las dos cosas).

Tendré que esperar hasta que se haya leído

el libro ENTERO (otra vez). Grrr...

Estoy a punto de irme a comer cuando

la señora Tomo llega corriendo y me dice:

«¡Es tu día de suerte, Tom!». Resulta que

ha encontrado otro ejemplar del libro.

¡GENIAL! Por fin sabré cómo termina

(a pesar de Marcus).

¡VIVA!

GENIALÓMETRO

nada genial · un poquitín genial · genial · súper genial

AHORA estoy AQUÍ.

Echo un ÖJÓ a la última página del libro (no lo puedo evitar). Pero enseguida lo meto en la mochila para leerlo en casa con calma.

El mejor momento de TODO el día es cuando vemos la peli de la clase de Derek. Creo que NUNCA había oído a los alumnos del cole REÍRSE tanto.

Armario se PARTÍA. ¡Y casi me aplasta!

¡Ja! ¡Ja! ¡Ja!
¡Ja! ¡Je! ¡Ja! ¡Ja! ¡Je!
¡Ja! ¡Ja! ¡Je! ¡Ja! ¡Ja! ¡Je!
¡Uuuy!

(Y esto era lo más gracioso...).

¡El **PRIMERÍSIMO** plano de la señora
Mostachington haciendo de ALIENÍGENA!

(¿A que es muy fuerte?).

¡Y AHORA tengo el  ¡LIBRO! ¡Pero esquivar

a Marcus es muy complicado! Siempre llega

CORRIENDO para contarme cómo termina.

 «La parte de los **BICHOS** es muy buena.

Y al final...».

«¡OYE, MARCUS!», le interrumpo.

«¿Te suena esto...?

¡PUAAAAjjjjjjjj, moscas!».

Eso le calla la boca un buen rato.

Intento hacer como si no existiera hasta que suena

el timbre.

Cuando llego a casa, me pongo a ver LA **FRUTiPANDiLLA**

un ratito. 😊 **LoCa**

Después, termino el diario de lectura (y lo firmo).

Mamá se queda muy impresionada cuando

le digo que me iré a la cama Oh...

TEMPRANO para leer un libro.

 A ver, ¿por dónde iba?

El alcalde Biberón llegaba a la PASTELERÍA...

«Buenas tardes, señor alcalde, es un placer tenerle aquí», dijo la señora Integral. Quiso darle la mano al señor Biberón, pero él entró en la tienda sin hacerle caso.

Uno de los inspectores sanitarios aceptó la mano que le ofrecía la señora Integral, pero no se la estrechó, sino que la frotó con un algodón que depositó en un bote hermético para analizarlo luego.

«Vayamos al grano», dijo el alcalde en tono seco, y la señora Integral torció el gesto. «LAMENTAMOS TENER que hacer esta inspección en su PASTELERÍA. Pero alguien ha denunciado que había bichos en ESTA zona, y con esas cosas no podemos correr riesgos, ¿verdad que no?».

«**Les aseguro que aquí no encontrarán nada de eso**», afirmó el señor Integral.

«**Naturalmente, pueden ahorrarse este mal trago si cambian de opinión y deciden trasladarse**», añadió el alcalde.

«**Esta PASTELERÍA no se moverá de aquí, y nosotros tampoco**», replicó la señora Integral.

«**Eso ya lo veremos**». El alcalde Biberón se sentó a una de las mesas. «**¿Empezamos?**», dijo, e hizo un ademán dirigido a los inspectores, que se enfundaron unos guantes de goma.

El equipo de inspección de Walter empezó por la zona de las mesas: HURGARON, FROTARON Y RASCARON todo lo que encontraron.

El equipo de Roger se fue a la cocina: inspeccionaron neveras, ollas, platos, tazas e incluso el horno, que todavía estaba caliente de haber cocido los pastelitos de chocolate.

La familia Integral los observaba atentamente mientras intentaba mantener la calma.

El señor Integral se dirigió al alcalde para preguntarle MUY amablemente: **«Como parece que esto va para rato, señor alcalde, ¿puedo OFRECERLE una taza de cacao y tal vez un delicioso pastelito de chocolate recién hecho?».**

Dicho esto, cogió una BANDEJA de pastelitos y la pasó por debajo de la nariz del alcalde para que comprobara lo deliciosos que eran.

El pelo del alcalde empezó a MENEARSE lentamente por su cuenta.

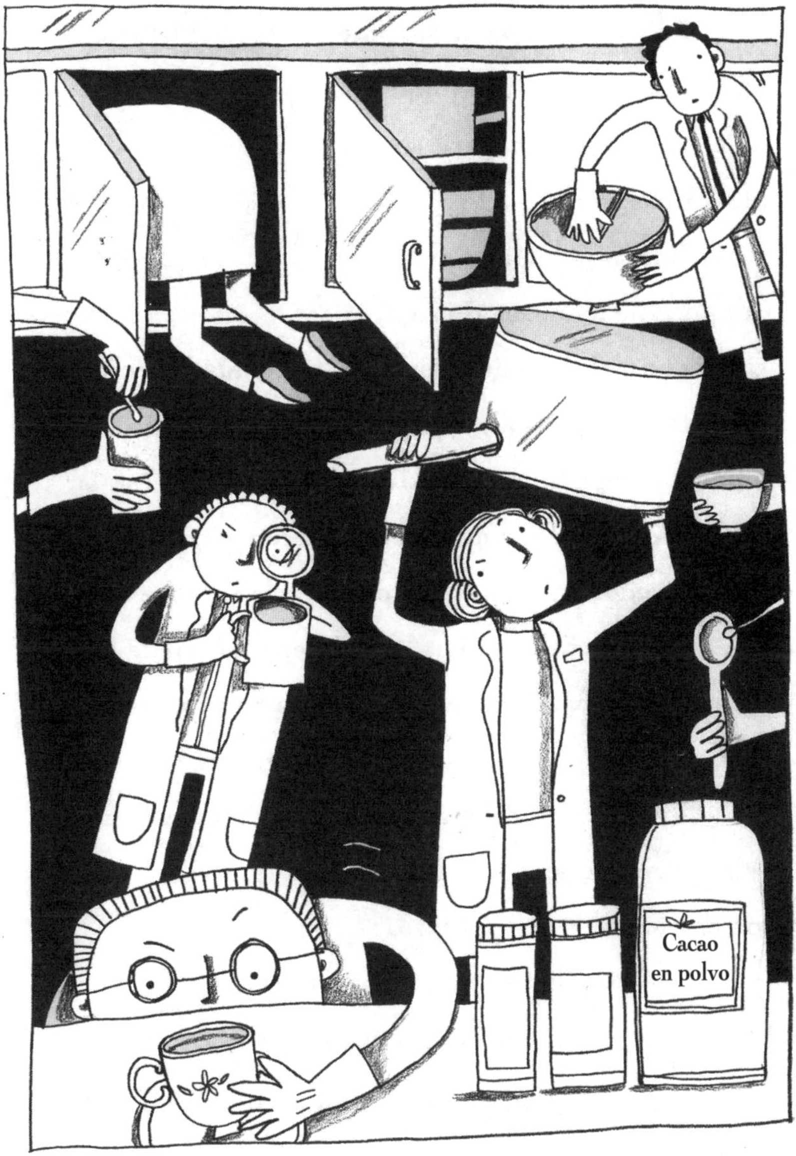
Cacao
en polvo

«**No pensaba quedarme aquí mucho rato**», respondió el alcalde, sin despegar los ojos de los pastelitos. La verdad es que olían muy bien y tenía un poco de hambre. «**Pero, ¿por qué no? A fin de cuentas, esta tienda va a cerrar pronto. Venga, tráigalos para acá**», masculló mientras cogía uno. Tenía forma rectangular, estaba espolvoreado con azúcar glas y parecía riquísimo.

El señor Integral fue a prepararle la leche con cacao. Removió chocolate rallado en un cazo de leche caliente que batió en un cuenco para hacer espuma. Luego vertió el espeso y suculento chocolate en una taza, comprobó que todo estuviese perfecto y removió un poco más (mucho más que de costumbre), por si acaso.

«**¿Quiere una nube en la taza, o tal vez dos, señor alcalde?**», preguntó el señor Integral.

«Que sean tres», contestó

el alcalde, goloso. **«Y otro pastelito más».**

Sentado a la mesa, disfrutaba de las atenciones que le dedicaban. De un solo SORBO hizo desaparecer las tres nubes. Luego le hincó el diente al pastelito de chocolate. **«Mmmmmmmmm, no está nada mal. ¿Es que tienen una receta especial?»,** quiso saber.

La señora Integral se aclaró la garganta: **«Pues…, sí, señor alcalde, la tenemos. Hay un ingrediente especial que preferimos mantener en secreto».**

«Cuando cierre LA PASTELERÍA, van a tener que darme esa receta», rio el alcalde con la boca llena.

La familia Integral lo observó mientras comía, pero no dijo nada.

ingrediente especial

CAPÍTULO 4

Los inspectores siguieron trabajando mientras el alcalde se hinchaba de pasteles.

De momento no habían encontrado NADA.

Ni el menor rastro del paso de bichos por allí.

Walter y Roger empezaban a preguntarse cómo era posible.

«No será que anoche nos equivocamos de sitio, ¿verdad?», le susurró Walter a Roger.

«¡CLARO QUE NO! ¡Yo mismo metí todos esos bichos por la cañería!».

«Si esto no funciona, tendremos que pasar al plan B», susurró de nuevo Walter.

«¿Qué plan B?», preguntó Roger.

«¿No has traído el PLAN B?».

Walter vio en la cara de su compañero que se le había olvidado traer el PLAN B.

El plan B era el nombre en clave del plan BICHOS, que consistía en traer MÁS bichos y dejarlos caer por allí cuando nadie mirase.

«**¿Y si probamos con el plan C?**», cuchicheó Roger.

«**¿Cuál es el plan C?**», quiso saber Walter.

«**¡Mantener la CALMA y esperar que el alcalde se compadezca de nosotros!**».

Walter masculló la palabra **«idiota»** y siguió buscando algo parecido a una cagarruta o dos de ratón.

El alcalde se había servido un pastelito MÁS y había dado buena cuenta de la leche con cacao. Quería saber QUÉ estaba pasando y empezaba a perder la paciencia.

«Todo ESTO del chocolate y los pastelitos está muy bien, pero lo que quiero saber es… ¿HABÉIS ENCONTRADO ALGO YA?».

Nadie abrió la boca.

Hasta que una inspectora apareció con un CALCETÍN en la mano.

«He encontrado esto bajo el mostrador».

«¡Llevaba tiempo buscándolo!», saltó Magdalena, y corrió a quitárselo de las manos.

«Dejaos de CALCETINES. ¿DÓNDE ESTÁN ESAS CUCARACHAS?», berreó el alcalde.

«Pues… por ahora… no hemos encontrado ni rastro de bichos ni de ninguna otra plaga, señor», respondió Roger.

«PERO aún podemos encontrarlo», añadió Walter.

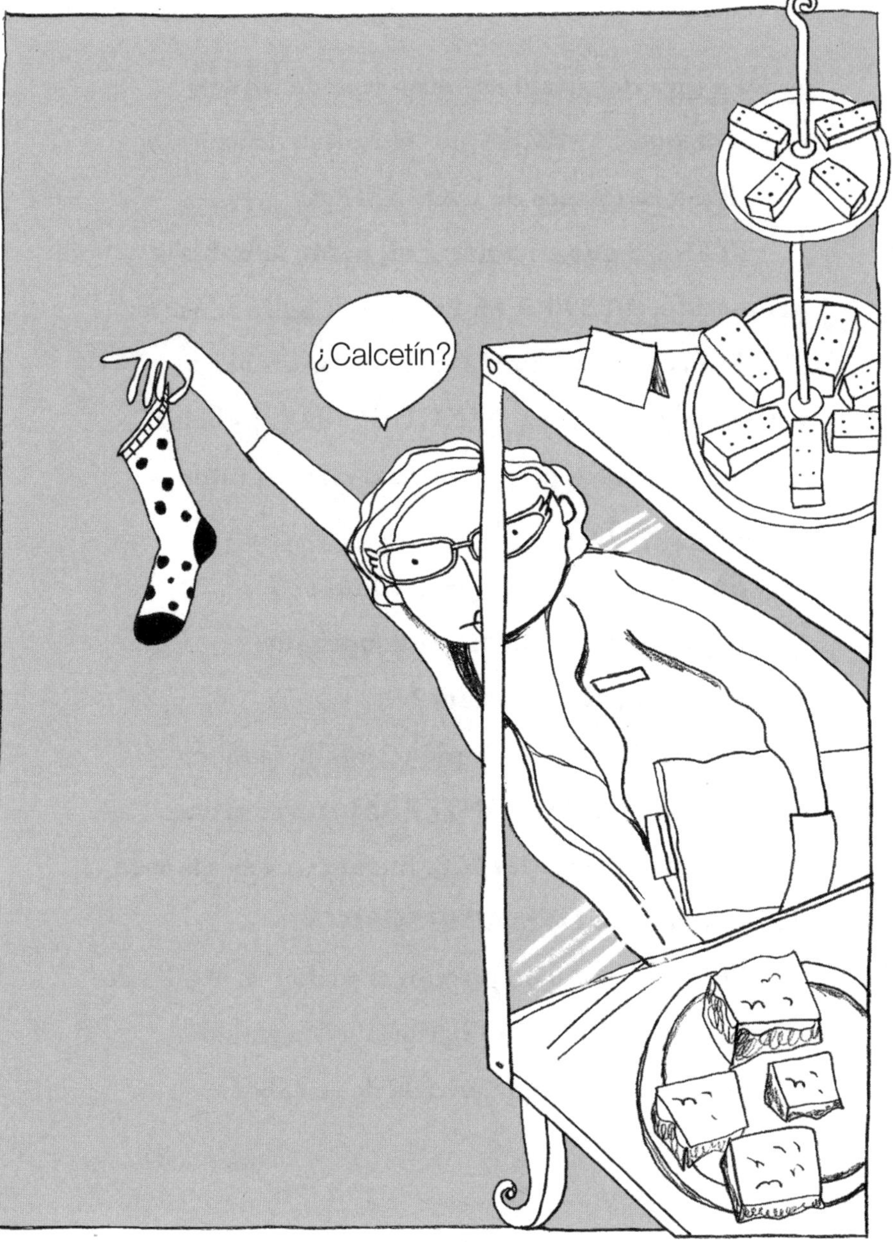
¿Calcetín?

La cara del alcalde se puso roja de **RABIA** (y puede que TAMBIÉN por el exceso de azúcar).

¡Parecía a punto de EXPLOTAR!

«TENÉIS que encontrar algo. Me lo habíais prometido. ¡ESE ERA EL PLAN!», le gritó a Walter.

Todos los inspectores se pusieron en fila y menearon la cabeza. NINGUNO de ellos había encontrado rastro de cucarachas, ratas ni ratones en LA PASTELERÍA.

El señor Integral los interrumpió: **«¿Eso quiere decir que hemos superado la inspección, señor alcalde?».**

El alcalde se puso de pie y empujó la mesa.

«Escúcheme bien, INTEGRAL, no se crea que se van a ir de ROSITAS. Encontraré la manera de construir mi torre AQUÍ MISMO».

Dicho esto, dio un pisotón al suelo y la ardilla de su cabeza abrió los OJOS. María y Magdalena no podían APARTAR la mirada de su cabeza.

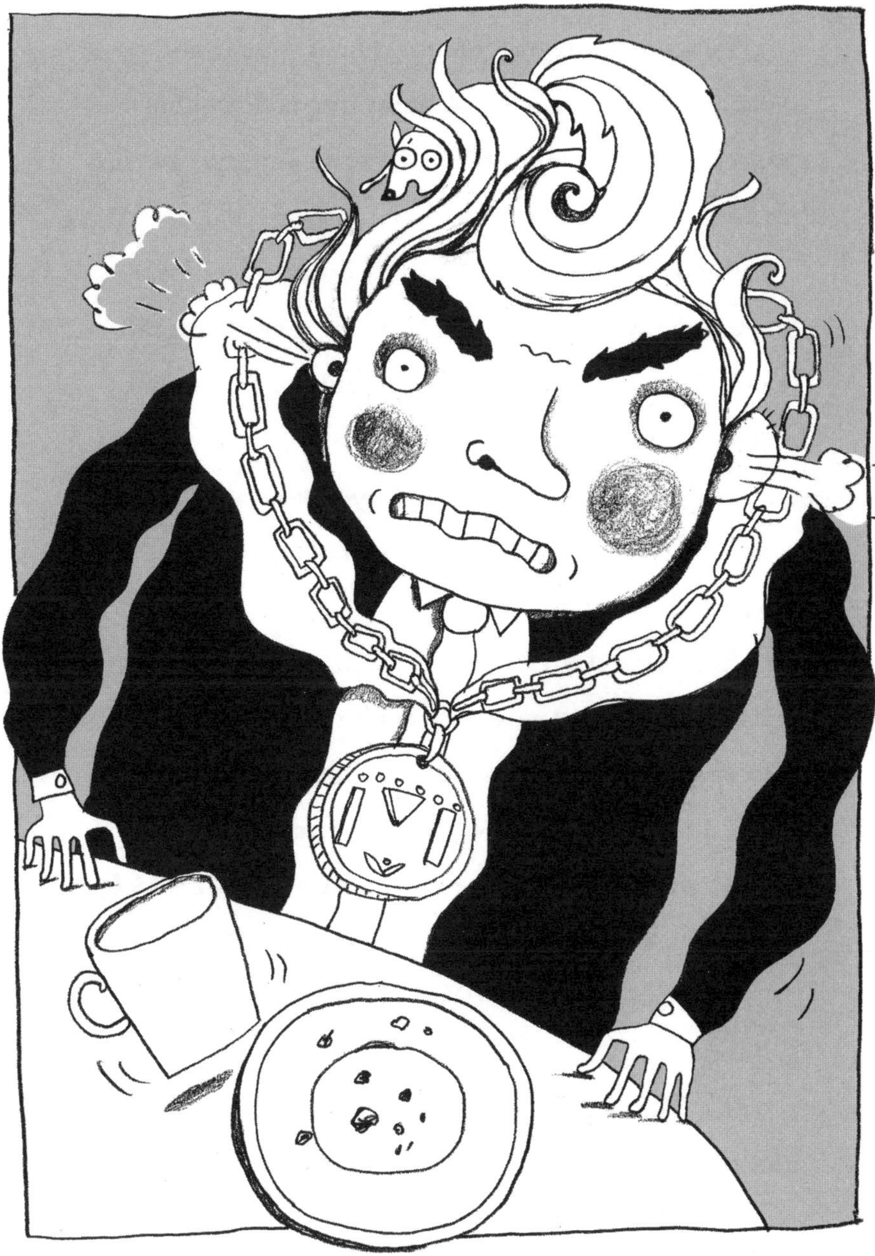

La señora Integral intentó calmar los ánimos diciendo: **«Sería una PENA dejar que todos estos pastelitos se estropeasen. Ya que se van, nos harían un favor si se los llevan».**

Todos los inspectores asintieron agradecidos, y acto seguido miraron al alcalde. El señor Integral le ofreció una GRAN caja de pastelitos de chocolate atada con una cinta.

«Acepte esta muestra de buena voluntad, señor alcalde. Llévese esta caja y cómase los pastelitos en casa».

El alcalde AGARRÓ los pastelitos (al fin y al cabo, le habían gustado), se dio la vuelta irritado y dijo: **«No sé qué han hecho ni cómo lo han hecho..., PERO tiene que haber ALGÚN BICHO o incluso algún roedor por algún lado. ¡Y cuando LO ENCUENTRE, cerraré LA PASTELERÍA para SIEMPRE!».**

Su PELO empezó a MOVERSE mientras él gritaba.

Y a María y Magdalena se les escapó una carcajada.

«Escuchadme, NIÑAS... Ahora tenéis muchas ganas de reír, pero cuando os quedéis SIN tienda y no tengáis dónde VIVIR, ¡os ARREPENTIRÉIS!», les dijo el malvado alcalde.

Los inspectores también estaban aguantándose la risa. Ahora, la cola de la ardilla se había deslizado sobre la cara del alcalde. Magdalena le señaló la cabeza y le preguntó: **«Señor alcalde, ¿es una ARDILLA lo que tiene en la cabeza?».**

Se hizo un gran s i l e n c i o .

«¡Mirad, ahora se está asomando!», rio otra vez Magdalena.

El ALCALDE estaba hecho una FIERA.

¡Cómo se ATREVÍAN a reírse de su pelo!

El alcalde salió echando **HUMO** de LA PASTELERÍA. Fuera le esperaba la prensa, y todos los periodistas empezaron a hacer fotos de su cara de PASMO y de la ardilla que tenía en la cabeza.

Los inspectores también salieron de la tienda después de haber cogido entusiasmados todos los pastelitos que pudieron llevarse.

«Nosotros no nos los podemos quedar. ¡Cojan todos los que quieran!». El señor Integral les dio unas cajas a Walter y a Roger, que aceptaron agradecidos.

«Será que nos equivocamos de edificio. ¡Es la única explicación posible!», dijo Walter mientras se alejaban de LA PASTELERÍA.

Ambos sabían que el alcalde se lo haría pagar.

Pero ya se preocuparían de eso más tarde.

Toda la familia Integral soltó un GRAN suspiro de alivio, seguido de unos cuantos vítores.

Cerraron la puerta de **LA PASTELERÍA** y giraron el cartel para que dijera CERRADO.

«¡Lo hemos conseguido!».

Habían SALVADO **LA PASTELERÍA**, que volvería a abrir sus puertas a la mañana siguiente, y a la otra, y a la otra…

CAPÍTULO 5

Pero… ¡este cuento no se acaba aquí!
Si habéis estado MUY atentos, seguramente
ya habréis ADIVINADO lo que pasó con los bichos
y demás sabandijas que habían invadido
LA PASTELERÍA.

Y si no, ahora viene…

¡EL FINAL DESCACHARRANTE!

¡No se lo contéis a vuestros amigos!

Lo PRIMERO que había hecho el señor Integral
fue ATRAPAR todos los ratones y ratas en cajas,
utilizando los bollos como CEBO. Acto seguido,
selló las cajas y las envió de vuelta a la oficina
de los inspectores sanitarios.

En cuanto a los BICHOS…, digamos que **nunca** encontraréis en un libro de cocina el ingrediente secreto de los pastelitos al que se refería la señora Integral. Pero como esto no es un libro de cocina…, aquí tenéis la receta.

PASTELITOS DE CHOCOLATE ESPECIALES

185 g de mantequilla sin sal

185 g de chocolate negro

85 g de harina

40 g de cacao en polvo

50 g de chocolate blanco

3 huevos grandes

275 g de azúcar glas

Mezclad todos los ingredientes y después AÑADID todos los BICHOS que encontréis…

BATIDLO BIEN TODO. Removed la masa hasta que los bichos hayan quedado bien mezclados.

Podéis utilizar una BATIDORA.

Y si os preguntáis qué pasó con el excelentísimo alcalde Simeón Biberón, encontraréis todos los detalles en los periódicos.

Porque después de que todo el mundo viese sus fotos con una ARDILLA acurrucada en la cabeza…

… un «buen ciudadano» reveló a la prensa que
el alcalde había intentado cerrar LA PASTELERÍA
para comprar el terreno y construir allí su TORRE.
Nadie quiere tener a un abusón como alcalde,
y en las siguientes elecciones perdió el cargo.

Por suerte, LA PASTELERÍA todavía va
VIENTO EN POPA y sigue vendiendo pasteles
y panes deliciosos (SIN ingredientes especiales, ojo).

La torre nunca llegó a construirse, y Simeón
Biberón (que ahora espera un trasplante capilar)
vive con su ardilla en el ático de un bloque de pisos.
No es la Torre Biberón, pero es lo más parecido
que tendrá NUNCA.

Aparte de eso, pasaron MUCHÍSIMAS cosas más. Pero tendremos que dejarlas para otro cuento.

FIN

(por ahora).

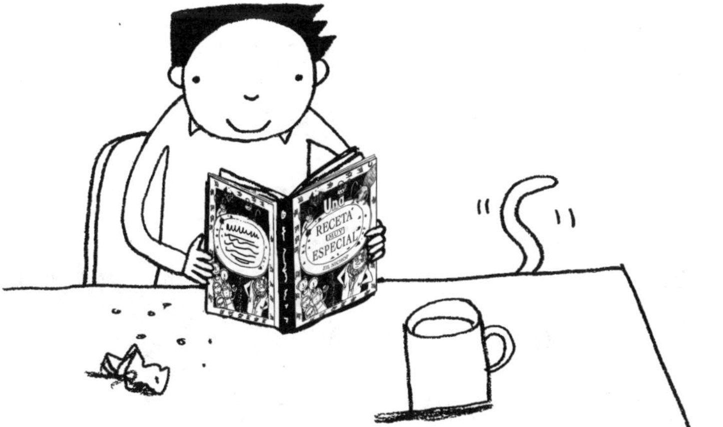
Una
RECETA
MUY
ESPECIAL

Título del libro	Fecha
Una receta muy especial	

Me ha gustado MUCHO este libro.

Hay un montón de bichos ASQUEROSOS

y un alcalde MALVADO.

Y es muy divertido.

La historia está muy BIEN y tiene

un final SORPRENDENTE (¡puaj!).

Y lo de los bichos me ha recordado

el día en que Marcus creía que se había

comido una PIZZA con moscas.

Eso fue LA MONDA. Ah, y los dibujos

también están muy bien.

Comentario de los padres/tutores y firma

	Fecha

Tom está sembrado.

Creemos que es ~~un genio~~ muy listo.

Hala, ya está. He terminado el libro y mi DIARIO
DE LECTURA ya está AL DÍA.

Espero que ahora el señor Fullerman me dé un
DIARIO nuevo.

Y que NO note las PARTES que he añadido yo.

(Solo necesito una suerte un poquitín GENIAL).

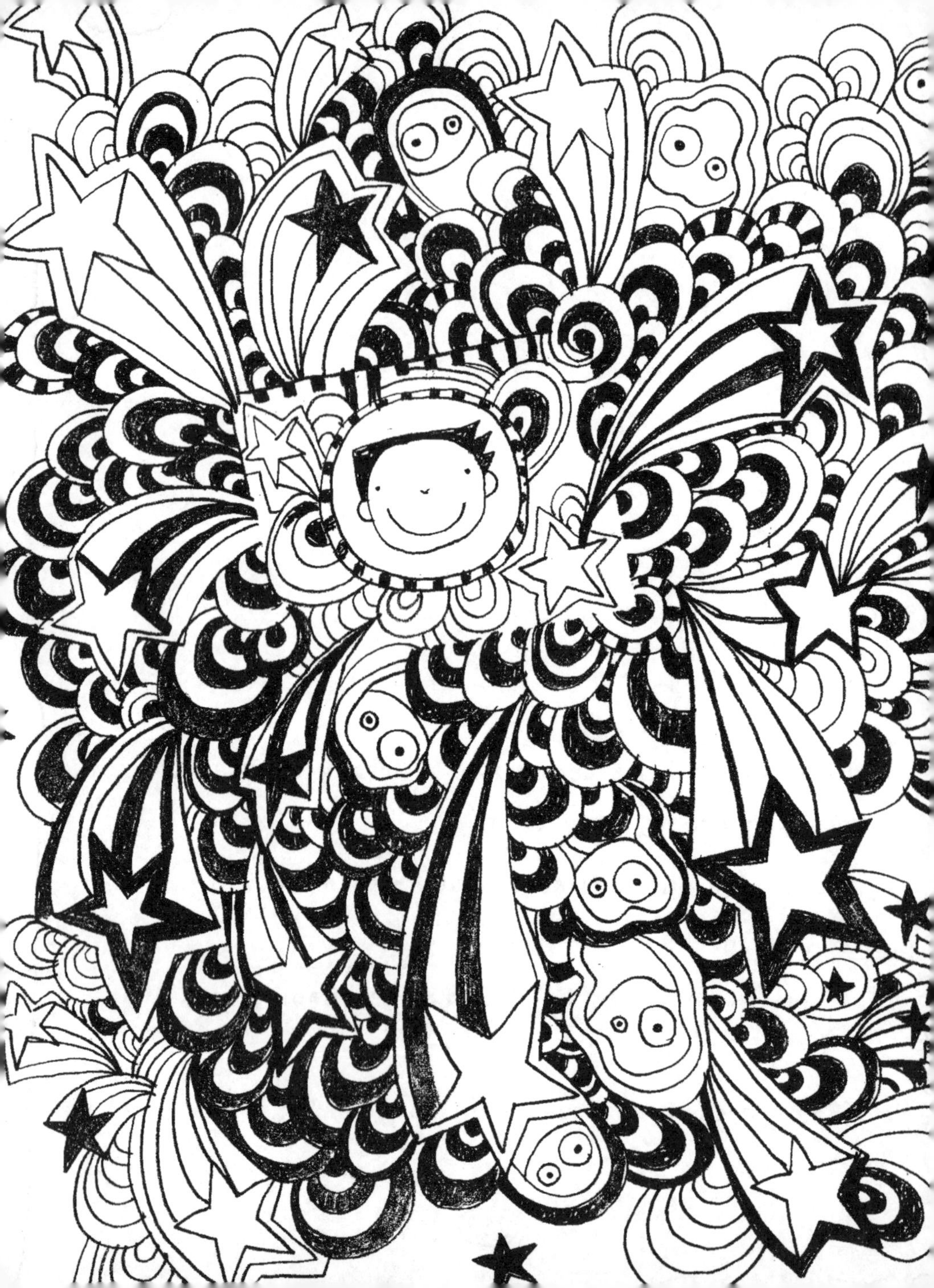

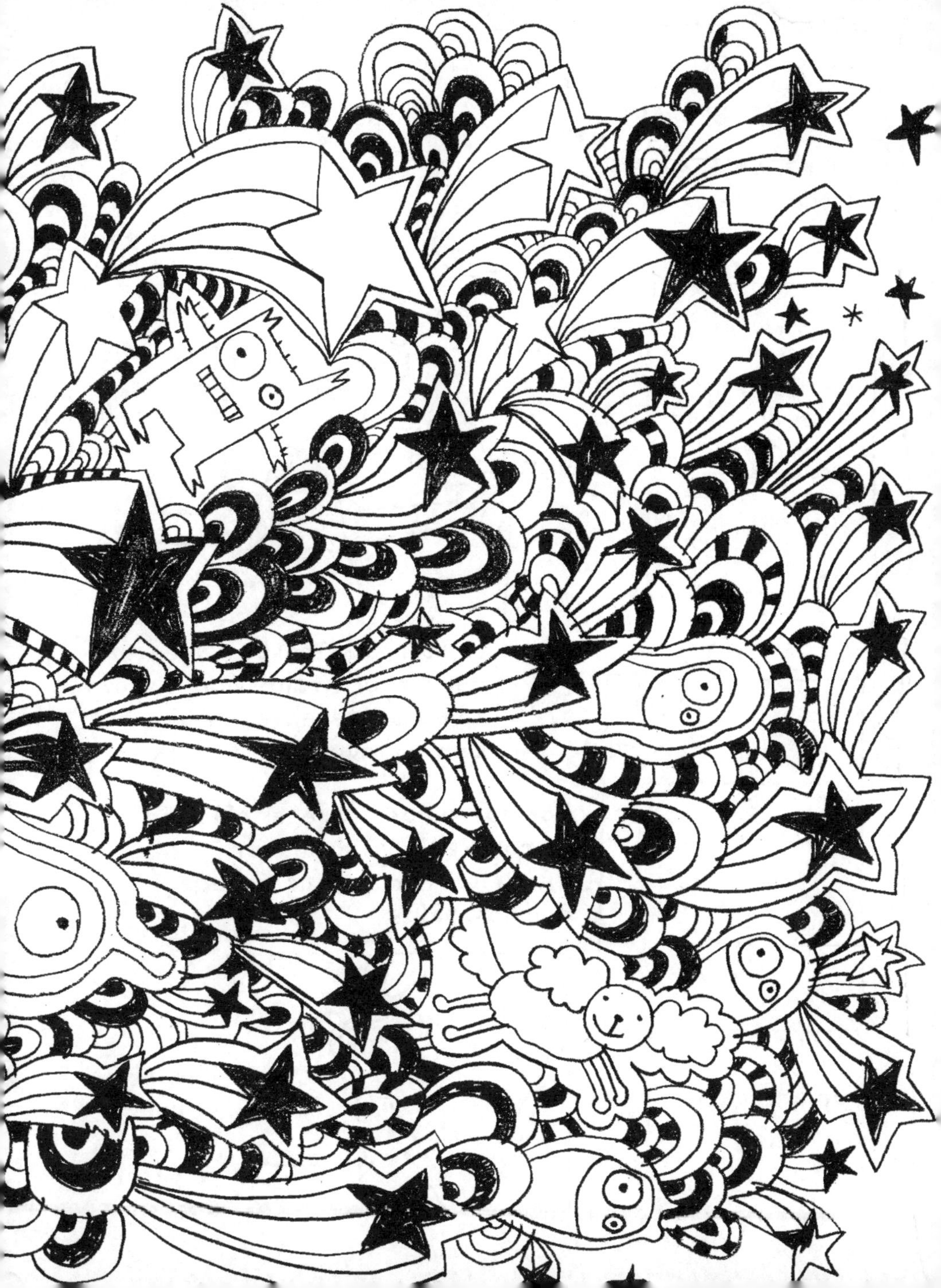

Cómo hacer la COMETA DE PAPÁ

(Mejor si te ayuda un adulto).

Necesitarás:

cordel

tijeras

Una bolsa de basura o de plástico.

Dos palos de madera uno más largo que el otro.

cinta adhesiva

rotulador →

reg

La cometa se hace con una sola bolsa de basura o de plástico. Extiéndela así:

El palo más corto va encima del largo. Átalos con el cordel como se ve en el dibujo. Con un nudo BIEN FUERTE.

Pon los palos sobre el plástico y, con regla y rotulador, dibuja un rombo más grande que los palos.

deja espacio

Recorta el rombo y reserva la parte que sobra.

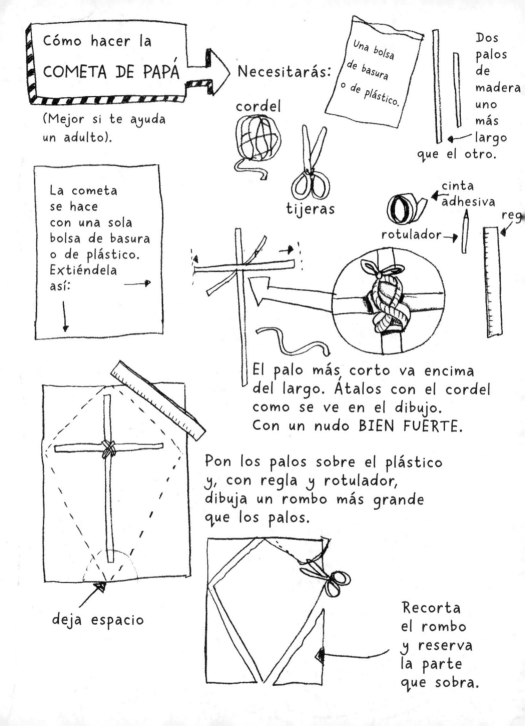

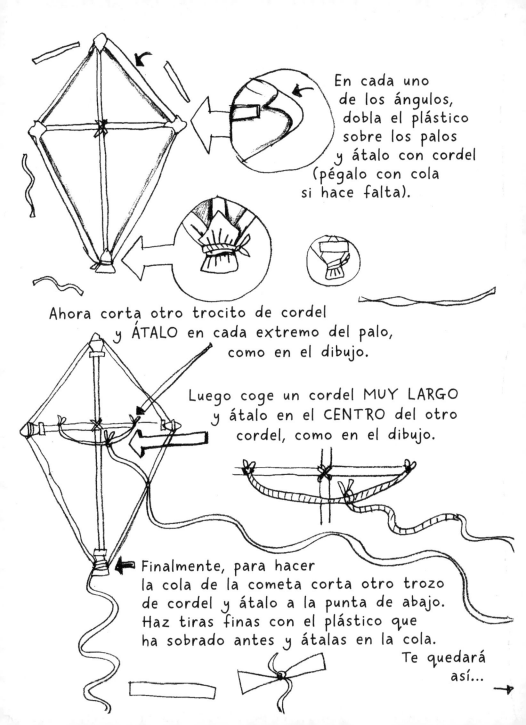

En cada uno de los ángulos, dobla el plástico sobre los palos y átalo con cordel (pégalo con cola si hace falta).

Ahora corta otro trocito de cordel y ÁTALO en cada extremo del palo, como en el dibujo.

Luego coge un cordel MUY LARGO y átalo en el CENTRO del otro cordel, como en el dibujo.

Finalmente, para hacer la cola de la cometa corta otro trozo de cordel y átalo a la punta de abajo. Haz tiras finas con el plástico que ha sobrado antes y átalas en la cola.

Te quedará así...

Aquí tienes TU COMETA TERMINADA, esperando
un soplo de AIRE FRESCO (y un poquitín de suerte)
para VOLAR.

Viento (¡crucemos los dedos!).

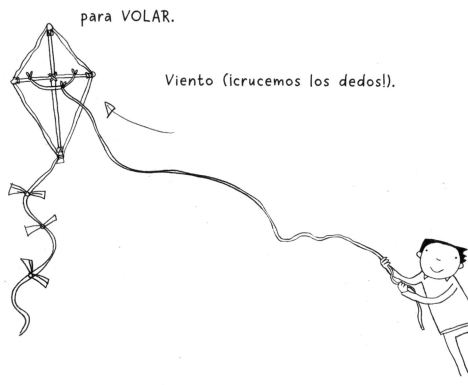

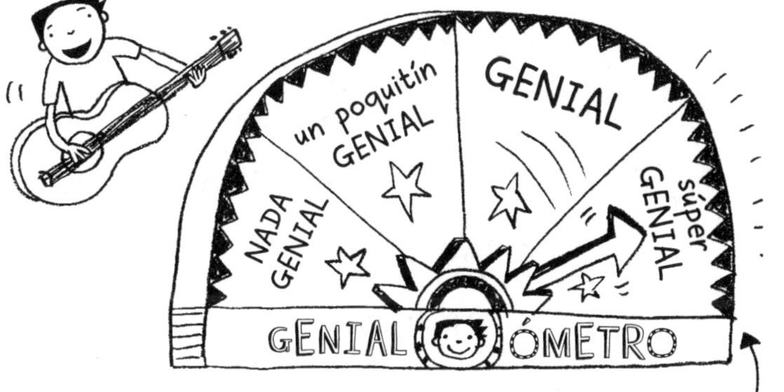
NADA GENIAL
un poquitín GENIAL
GENIAL
súper GENIAL
GENIALÓMETRO

¡Ahora estoy aquí!

¿Te gusta Tom Gates?

Pues echa una ojeada a su

SITIO WEB
GENIAL, bestial,
FANTÁSTICO
y superespecial en

www.scholastic.co.uk/tomgatesworld

(en inglés),

donde podrás...

Explorar el mundo de Tom.

Demostrar cuánto sabes

de la familia, los amigos y los profes

de Tom.

Divertirte con juegos.

Descargar actividades geniales.

Compartir tus propios garabatos.

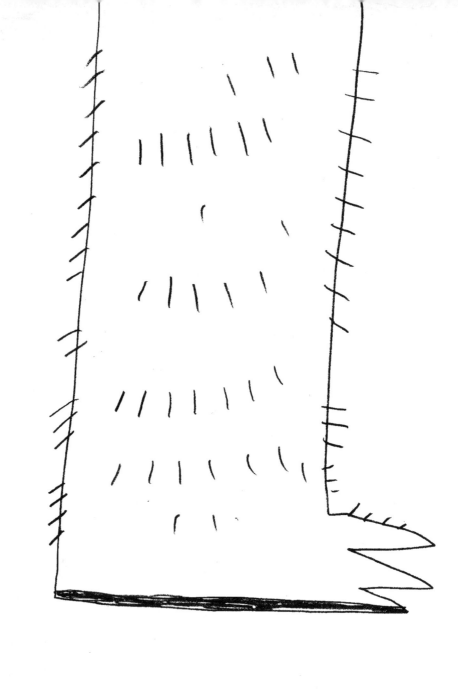

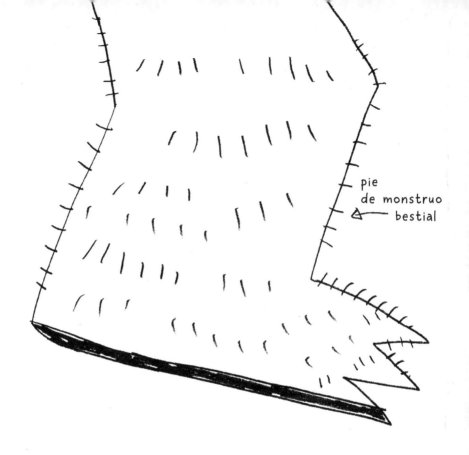

pie
de monstruo
bestial

Este bicho
ha tenido
una suerte
BESTIAL.

¡Fiu!

barrera de libros
para gatos

n.º 5

n.º 6

n.º 1

n.º 2

n.º 3

n.º 4